西门，西门

龚静

上海书店出版社
SHANGHAI BOOKSTORE PUBLISHING HOUSE

2017年度第一期上海文化发展基金会资助项目

记忆和寻唤，时空的流动和共生

——代自序

《西门，西门》是一篇长篇非虚构文本，描述和展现以上海嘉定西大街为点，乃至辐射至嘉定方圆的人文生态。与之相关的时空则在20世纪七八十年代至九十年代之间流动，但也观照21世纪第一个十年的时空轴。

地处上海北部的嘉定区原先是申城的一个郊县，倘若从设县治算起来，已经有近800年的历史了，嘉定古城有东西南北四条大街，西大街是嘉定西面的一条老街，俗称西门老街。当年西门有间寺庙叫护国寺，西门有条河叫练祁河，人家依练祁河畔而居，乃有练祁市，何时成市已不可考，但练祁市因护国寺而成市这一点是确凿的，算起来，护国寺建于南朝萧梁时期，距今已有1500多年历史了，那么练祁市的历史就大概可知了。西门这一带，乃当年的练祁市。嘉定就是从西门发展起来的。

所以，西门可谓嘉定之根。

作为一个20世纪60年代生于嘉定，土生土长，直至上大学才离开嘉定的嘉定人，童年、青少年生活读书成长的地方一直是生命和写作的滋养和来源，一条西大街孕育着生命的生长，生发着人和世界的关系，消长着各式人等的命运和人生，演绎着不同人的人性幽邃，也如画卷，在日子和岁月里展开着生活的多种色彩，沉淀着人情风俗的点线面，同时也和时代社会的发展变化同构，生活人心的恒定和渐渐变化，世事世相的平静和波澜，街道、房屋和屋子里的人共通共生却又流动迁徙，一条街像一条生活生命的河流，日常里林林总总的细节，店铺商肆人家，在时空里抟成气息和能量，在看似平静中流动着，流动着，和围绕着西大街的练祁河水一起，流向远方。

龚静近照（摄于 2018 年 8 月）

只是，曾经的所有都是在消逝中，消逝中的一切历历在目，当日子往前走，回望，消逝的却日渐清晰，对之的感受观照随着齿龄渐长也不断深化。在离开西大街后，也一次又一次地返回西大街，看到一次又一次日渐衰老的西大街，当然已然不同于曾经生活过的那条西门老街了，但是，也已然知晓可能这才是真实的实相，现在是过去的延伸，却不会相同，时光会使一切物事都老去，甚至面目全非，只是理性上的认知不能全然代替感性的体验，看到面目模糊的、衰老、颓败的西大街，想起曾经是多么人情冷暖生动鲜活的一条街，当然它的内部依然是人情冷暖生动鲜活的，只是曾经感受过的那个人文生态消散至无，那些人那些事宛然昨日，于是，写下来就成为必然的选择了。

曾经也写过不少嘉定主题的文章，有比较长的一万字左右的散文，较多的是二三千字左右的文章，觉得还有很多可以表达。尤其最近几年的重返西大街，得知西大街最终确定了搬迁保护的方案，也就意味着原生态的西门老街人文生态已然过去式了，保护的方案最终如何实施并呈现尚不得而知，只是在20世纪九十年代以来，与西大街平行、围绕练祁河的一边的西下塘街已经拆掉变身住宅公寓小区了，所以练祁河两岸的西门风貌早已不同以往，现在只剩下河这一岸的西大街一条街，西门终究是缺了半壁江山，也无法形成真正江南古城的气场。当然，能留下西大街，并保护性开发建设，总是好的。每一次的重返，就是一次再次书写西大街的创作冲动。2016年春末夏初《上海纪实》电子杂志主编朱大建先生约我写篇嘉定主题的文章，于是书写的进程就没有理由不开启了。本打算一万字左右的篇幅，结果写着写着第一稿是四五万的篇幅，在第一稿的基础上修改增补扩展成现在的十万字以内的长篇非虚构创作。

这一次，希望写得更细致些，从西大街出发也辐射到嘉定的其他方圆长短。写历史和现实，写风俗风情，写人情世故，写家长里短，写人在那个时空的行为举止，写人和那个时空互相的关系，写日常生活和日常生活之外的意蕴，写嘉定那种在上海之内，又因为郊区仿佛在上海之外的特殊情境，写兼备城市和乡村特点的嘉定特色，要写的内容很多，无法一一列举，也自然无法在一个文本内完成，毕竟，这只是我个人感受体验到的西门（嘉定），还在特定的时空范围内的，所以，它必然是有局限的，但作为写作者期望在这样的局限中，能表达出丰富的时空能量。

这一次，自然也会有一些对过去文字的重新梳理和整合，但只是一些牵引和局部，文本结构和视角上尝试突破过往的叙事方式，我以一个女孩子静岚的视角来贯穿整个文本，将静岚生命的成长和这一条街这一个城的人文自然生态融合起来，在静岚所居所见所闻所体验所感受的西大街（嘉定）生活中，对人性的理解，对世界的感受，对人和人关系的感知（包括家庭内部的亲人关系），对生命自身的生长，等等，都有了渐次丰富的生长，同时，老街古城河流生活习俗的某种相对缓慢但又和时代共生变化的江南人文环境，也使静岚在生命的成长中获得了一些与大城市成长环境有别的体验体悟审美，甚至某种气息能量，那些踩着花岗岩石子路走过古老的石板桥去上学的经历，在生命中刻下印痕，这些印痕像树的年轮，或许时光使之淡化，但竟是如秘密的符码，总会以某种方式来提醒，让人由不得一次一次地返回，返回那个时空，返回那个集合了人和物和日常生活和河流树木田野等之所有能量的时空，心念和盼望，风俗和风情，现象和暗流，生命的来龙去脉，地域的层累沉淀，以及那时和当下的一种联结。尤其站在2016年的时空点，点点滴滴的文字回首拼贴成过往立体，与眼下的天地对应，发现那街那路虽然还在，但当然面貌已然不同，是那条西大街吗？是也，非也？时空的流动却既非线性，也非必然，在2016年灰阴的天色里，竟然生出几分科幻之感，不是那种外星人降临的科幻，也非人工智能和人类如何博弈的科幻，或者人如何在机器中消失了肉体和记忆等之类的科幻，这样的科幻倒反而是可感的，而写作西门和文本在文字中形成能量的过程，与当下的重叠却真若科幻的，过去的人事和当下的追溯体会，在文字中相遇，文字让两个时空相接，就像一个中年人回到少年时代，而中年人的少年时代无论如何也无法预料到将来的中年人会以这样的方式重新造访。

这就像一次穿越，少时的生活呢，许多东西都要自己做，做点心，做酱瓜菜干，做煤饼煤球，做家具落地灯，甚至做收音机，那种拮据缓慢仔细的日子，像练祁河水那样，从河的开始一直流淌着，但过着过着，快速，丰富，身体伊始倒似乎是渴盼的，毕竟方便丰富是人的欲念，可是久而久之，快速乃至飞驰，丰富乃至过剩，身心从渴盼适应略略的满足到焦虑纠缠，是不是真的需要这么多这么快，这么现实虚拟交错，这么生命成了数据，何况还有文明文化的冲突，和平秒变流血，置身如此变化如此不确定的社会中，肉身和肉身创造的文明并不那么默契，肉身还能如肉身内在的细胞那样按部就班地活动着?

想起在西大街的家读福尔摩斯，握着烟斗小心推理着那些蛛丝马迹，终至水落石出，再看到当下，福尔摩斯会想到21世纪有那么多探头吗，严密的推理似无用武之地，一个个探头连缀起来的影像，痕迹难掩，当然，探头偶尔会有盲区，当然总归需要人的智慧，探头毕竟只是记录，细节的推敲还得让位给人的理性，只是从前式的从仿佛寥寂的茫然中抓住吉光片羽，那样闪闪发亮的瞬间，大概也真的越来越少了。

当然，也不会再去像文本写的那样踏咸菜了，也是踏不动的了，那样探入陶缸手抓咸菜的冰冷感也不会再有体会，冷到冻疮满手的日子是身体不愿意重温的，只是贴肤的真切之感却难再了，对了，真切的生活，几乎所有都需要肉身全力参与，否则肉身也无法得以回馈，维艰，踏实。科幻片中已然无需劳作的人动动手指便可获得生活资源，却仍然想念着一只真实的苹果滋味，是否想念真实的禁果之味？也许，到了某个阶段，肉身细胞已然变化到不再想念泥土想念真实的苹果，一切都仿佛从来如此。

咸菜的汁水如何湿濡濡滴滴答答，人不要感受了。

但是，现在，还是想用力感受，若羽毛飞舞，飘然，杳然，却飘然过。

所以，写作的追溯不是怀旧，是看到时空的流动，是看到生命和时代和社会和自然节律的一切共生。

这里，可以看到过往历史和现实当下的交融，看到那个时代里的日常生活细节，看到邻里之间温暖却也微妙的关系，看到城镇和乡村的经济文化交互，看到已然或正在消逝的一些社会文化生活，看到一个少女体会自身生命在青涩中渐渐变化的微妙，看到她对美和爱情的朦胧向往，它们既是文本中静岚所见所闻所感所思，也是很多个静岚的生命记忆，同时何尝不是社会学的一次层层叠叠的“田野调查”呢（并且非纸上谈兵，恰是深入实践的）。

这些年来，描述和呈现上海各个历史阶段及现实当下的人文历史生态已成文化现象，专业研究的、文学表达的，出版了很多著作，但是比较多的还是上海市区的历史/现实，上海郊区风貌的呈现还并不很多，而郊区作为上海的有机组成，是上海历史和现实的讲述中不可或缺的一环，或因了兼备城镇和乡村交融风貌的郊区特色，倒是可以呈现出有别于上海市区的另外一种风致。

2017年初，西大街原住民和租住户的搬迁工作正式开始了。西大街的改造工程当于此实质性启动了。

改造后的西大街当然还是“西大街”，不知道会是怎样的一条西大街呢，嘉定发源之根的西门会以怎样的面貌重新呈现呢？

无论如何，静岚生活过的那条街其实已经不是宛如昨日了，宛如昨日本身就是一个悖论，昨日已逝，宛如又如何“如”呢。幸好有文字，幸好作为一个写作者，能用文字寻唤一条曾经切肤体验的西门老街，曾经每天丈量的缪城（嘉定旧称）。

我希望我做到了，至少做到了一部分。

龚　静

2017年2月中旬

目录

下午六点钟，冬夜未深，却已黑，人未眠，盼暖意。家里的煤球炉子已封了火，静岚应了母亲的吩咐，戴上自己织的半截式红毛线手套，穿上黑灯芯绒棉布鞋，一手一只竹壳热水瓶，下楼，走过楼下踩得硬实的泥路，绕过那几棵水杉，穿过弄堂，沿着项泾街，走进项泾桥堍的那家老虎灶，泡开水。

西大街上的店铺都排上了门板，惟老虎灶的灯晕着光，看管的中年男人戴着一顶蓝布帽子，坐在长凳子上抽一支一天里的闲烟。2 分钱一瓶开水，沉甸甸原路走回，项泾街一侧的横沥河暗沉沉地亮着寒夜水色，河边的梧桐树只剩下了枝干，项泾街的宅子黑乎乎的门尚未全部关上，透出灯光，静岚知道从一个门洞进去，穿过青石板走廊，走过一条曲里拐弯的篱笆道，可以抄近路回家。她的小学同学就住在门洞里的一间木门内。可是夜色中静岚放弃了，她只希望台硌路上的花岗岩稍微齐整些，不那么高低不平硌得脚底痛，可以走得快点，早早到家，用热水瓶里的水泡泡脚。

一、原来练祁

除去周边乡镇，东门、西门、北门、南门、城中是嘉定城里的人对所处方位的大致说法。城中路是嘉定的城中心，西门人都叫它一条街，住在西门的静岚一般礼拜天才会有机会去一条街走走，一条街像是闹猛的代名词，有些西大街上没有的东西，店铺门面要大点，商品要多点，哪天还会有点紧俏货露露面，当然，一条街谈不上繁华，要说繁华得到上海去，乘北嘉线到共和新路北区汽车站，再调车子到南京路或者淮海路。上海，这个词就好比是中心的象征，南京路、淮海路是这种象征里的核心。嘉定是上海的郊区，说来也属于上海，但似乎又在“上海”之外，这个“上海”就像一种稍稍远离现实的可能。

静岚第一次去上海的印象实在很模糊了，小学时，母亲去市区某间小学听课，她跟了去，到了哪里玩，吃了什么饭，统统没印象，有印象的是在马路边差点被行驶过来的辫子电车撞了，母亲和同行的同事一手拽住她，手肘上还擦破了点皮，直到考上大学去五角场的复旦读书（至少75分钟北嘉线再换乘47路到四川北路，步行至虹口公园，9路，过了材料研究所才算离校门近了），除此之外去上海就是乘着学校租借的车子，有时是公交公司巴士，有时是某家工厂的小卡车，春游秋游，到市区学校学舞蹈，比较“恢弘”的上海之行大概要算初一和高二那两次，前者去落成不久的万人体育馆领取市三好学生奖，后者也是领奖，鲁迅征文比赛的一个奖，大概写的是关于《野草》的一些心得，其实高中时怎能对《野草》有多少深刻认识呢。不过，“上海”却成为静岚以后工作和生活的地方。其实，静岚知道她一直生活在

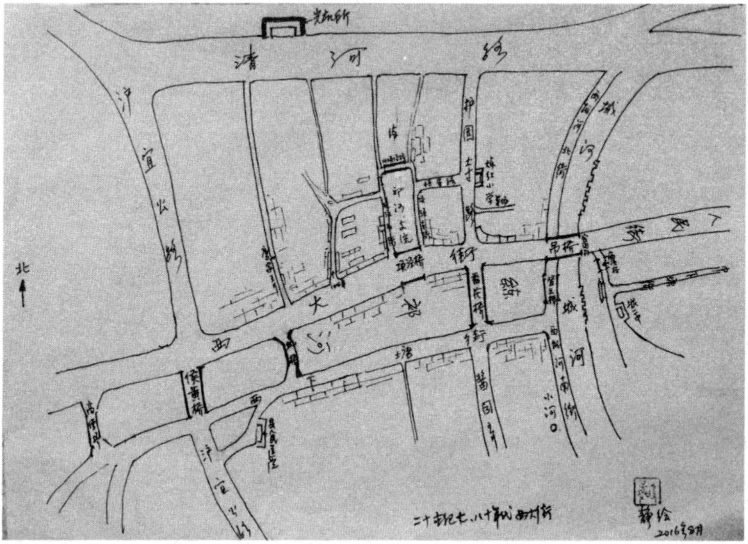

20世纪七八十年代西大街简略手绘地图（龚静　作）

上海，这个上海和那个“上海”的界限到底在哪里呢？在西门少女静岚的视野中，那个时候的上海是一个一二个小时车程以外的地方，有些远，也是一个似乎充满了许多可能的空间。好比在兰州工作的大伯回来探亲，送的那双丁字型猪皮皮鞋，在小学五年级的静岚心中投下少女梦影。

而西大街的日子，似乎显得太琐碎了，像外婆手做的那些布鞋，密密的鞋底，直贡呢的布料，在皮鞋匠那里前后敲上两块轮胎皮，每天台硌路水门汀烂泥地走来走去的，不当回事。外婆几乎隔三岔五地要收集边角布料，清洗上浆晾晒，滚边是一定在布店里买的直贡呢，就着8支光日光灯纳鞋底，单鞋、棉鞋，鞋底线、顶针箍、镊子，在一日三餐的炊事之余，随时都要纳上几针，新针头艰涩，在头发上梳几下，就润了。鞋底线穿过浆洗过的层层布面，发出轻微又爽脆的声音。两张方凳的直棱枨子间拉条橡皮筋，在父母去单位学习新指示的夜晚，静岚一边跳橡皮筋，一边听着外婆手里的鞋底线嘶嘶的声音。104弄的夜里，窗外偶尔听得到风吹水杉的

2003年拍摄的西大街，熟悉，但无可挽回地破旧着，住户们其实很期待拆迁。（龚静　摄）

晃悠，或者窗下有时夜路人的鞋底声，鞋底线的声音在此刻的静岚耳边似乎依然那么轻微却爽利，水门汀地面的颗粒清晰如放大镜下的皮肤纹理，这些颗粒在吸满水分的拖把下有种不甘心的拉锯和磨砺感，拖把是一条一条碎布条捋直剪齐后，以细铁丝箍紧而成，木手柄用久了，不那么糙手了，反而是滑滑的柔软，扎拖把的活一般是父亲做的，外婆到底年纪大了，手劲不够，她扎的拖把即使在小学生静岚手里用起来，感觉也松松软软的，水门汀很容易拖得湿嗒嗒，只有结实细致的拖把才能把水门汀拾掇得头面清爽，简简陋陋的小门小户，也是要清清爽爽的。

就说楼下那片泥地，也总清清爽爽的，几株水杉慢慢长着。三级的石条台阶连接了一条台硌路和一排平房，偶尔粪池漕出来，大家赶紧叫了居委干部请环卫所来通，静岚住的楼前那截通向大弄堂的小径铺了青砖，一年又一年的，青砖缝里串出杂草，爱国卫生日里，邻居们清扫楼前空地，顺手也将杂草拔了，皴上了苔意的青砖路看起来像洗得干干净净的军色卡其布裤子，旧是旧的，却旧得舒服。

泥地的空间简直是四通八达的，除了公房，左可折向往西的平房、新村和公房楼，右通沿路的平房、一处新村和一处三层公房，直走过去就是项泾西街，伴着项泾河——练祁河的支流，过两座呈直角型的石桥，其中一座与项泾桥平行，叫做北项泾桥（听讲这桥还有个名字叫乐善桥），过了桥，走过一条台硌路，台硌路与护国寺路直角相交，护国寺路就从静岚的小学门口穿过去，直到和西大街成 T 字角，T 的一横过去有座桥，叫名香花桥，下了香花桥，就是西下塘街，西下塘街和西大街间的河就是练祁河。护国寺当然只剩下路名的，其实静岚念的炼红小学前身就是护国寺，直到很多很多年以后静岚才恍然，为什么炼红小学的校园有些地方透出些别样风格的，比如校园有前后两部分，前部地势高，走下石头台阶才能到四、五年级的两排教室和大操场，一、二年级的老师办公室门前有两个石鼓凳，原来前面方圆是护国寺，石鼓凳其实是庙宇的柱础，石头台阶上应该就是当年的护国寺大殿吧。

记忆和历史资料重叠在一起。

炼红小学原来叫练西小学的。最早这个校名来源于嘉定教育世家黄氏家族的黄世源在家创办的“私立练西小学”。话说黄氏家族在西门的这一脉源于明天顺、成化年间的迁徙到浦东高行的浙江临安人黄家禄，之后黄氏一支迁居川沙，乃黄炎培先生先祖，另一支黄姓后人黄继春则来到嘉定西门，居练祁河畔，算起来距今已有四百多年了，结庐为“西溪草堂”，就是项泾西街上那片老屋，几乎占去项泾西街大半条路了，静岚去老虎灶泡开水都要走过的，只是当时年纪小，哪里知道这片老宅子的观音兜屋墙下庭院深深历史久。黄家早年做沙船运输，并兼南北货行，还经营过竹业、典当行业，入股酿造等行业，几代经营，家业颇丰。所以，从最初居住的西下塘街72弄2号建造迁居到“西溪草堂”。黄氏家族经营生意之外崇文重教，代有名人，研究编辑清代学者顾炎武《日知录》的《日知录集释》作者黄汝成即为黄氏八世孙。黄家人都关注练祁教育，开办了许多学校。私立练西小学只是其中一所。眼见着学生人数越来越多，

到老虎灶去泡开水（韩王荣　画）

邑人秦冕才得悉后援手支持，在护国寺大殿的遗址上兴建校舍。从项泾西街走过北项泾桥就过了河，过河右拐，老屋人家，再左拐，左侧又是老宅，走一段60米左右的台硌路，就到了小学门口。这条路在静岚心里是熟得不能再熟的，也就五六分钟左右吧，真正隔河相望的。1915年学校从个人改由乡办，名为“练西小学”。“炼红”那是在“文革”期间改的名。这间学校后来几次搬迁改名，现在与他校合并，叫做嘉定区实验学校了。

“西”想来指的是西门，那为什么是“练”呢，小辰光不会去追究的，也是后来去“上海”读大学了，回头再看嘉定，知道这片土生土长的土地历史蛮长的，只是究竟那些细节却是茫然的，小学课堂上讲我爱北京天安门，让大家心系祖国大好河山，对脚下的土地却比较忽略不计了，总要到多年以后某一天等某种意识突然萌发，才有了回首去寻找的可能，但那时或许已经花非花，梦非梦了。那“练”是什么呢，此处非“白绢”也，就是“练祁河”啊，那这个“练西”，倒是练祁河西面的意思呢。练祁河，看字面，祁，有盛大、舒缓之意；练，乃白绢生丝之谓，在此当亦含河流如练的意象吧。嘉定的先人们给西门的这条河取名可是蕴含满满真爱啊。人家依练祁河畔而居，乃有练祁市，何时成市已不可考，但练祁市因护国寺而成市这一点是确凿的，算起来，护国寺建于南朝萧梁时期，距今已有1500多年历史了，那么练祁市的历史就大概可知了。不过，嘉定正式建县治，是在南宋嘉定十年十二月（即1218年1月）。以前隶属昆山。

西门这一带，乃当年的练祁市。嘉定就是从西门发展起来的。没想到原来每天上学的路，是嘉定当年最繁华的地方呢。香花桥到护国寺这段路，是否会有点西湖香市的味道？西门辐射出去有不少乡镇，练祁河连接起发达水路，乡人挑了自家种的蔬菜，渠道里摸来的河蟹，旱路、水路的，来西门摆摊，顺便喝个茶，上个香，再带点油盐酱醋毛巾肥皂啥的日用品回去，哪能会不闹猛呢。香花桥往东走几步有饮食店，红汤的阳春面上香葱碧绿，桥堍头有间叫大光明的剃头店，往西走五六十米到项泾桥，就有老虎灶，老虎灶上泡杯粗茶，转身一掀灰不灰褐不褐的门帘，里头就是一间茶室兼书场，有名头的，叫“上林春书场”，木窗子一推，练祁河上木船水泥船，运砖头、煤屑、木材的，忙碌得很。

其实静岚走来走去护国寺路，并不专心这条路叫什么名字，每天走来走去的，要记什么路名呢。就好比走来走去北项泾桥，多年后才听说还有个乐善桥的名字，想来是邑人共同集资所建的，还听说专家竟考证其为元代桥梁，当年上下学，调皮的男生总要在石条桥上奔跑，老石桥倒也身板硬朗。而那条小学大门前的台硌路，和护国寺路直角的，原来是叫恒孚路，在周边皆“弄”“街”之中确也特立独行，可是小学生怎会去想这些呢，也是要以后的以后才知这条路是嘉定第一条以“路”命名的路，这才恍惚依稀应该是见过路边人家门上钉着蓝底搪瓷门牌的，这搪瓷门牌现在当然是历史的硕果仅存。

静岚倒是清楚记得炼红小学食堂有扇小门开在护国寺路上，戴着白饭单的杨师傅有时走出小门抽支飞马烟，杨师傅每个礼拜要蒸一次淡馒头，小门一开，走过的人就会闻到馒头的香气，面粉、发酵粉和糖精片（定量供

1998 年拍的照片，西大街的这间面店还是现做现卖的模样，那台机器也还是那台机器。（龚静　摄）

应的白糖是舍不得放的）的糅合，大灶头大蒸笼，就是香呀。每次杨师傅蒸馒头，在学校做老师的母亲紧在上课间隙去食堂买上半斤饭票的馒头，一斤饭票1角6分，半斤一串连着五个，算算2分钱不到呢，掐着馒头和馒头间的缝掰开，热的暄软的甜香扑鼻，哪里舍得一口就咬呢，先剥下外皮咀嚼，剩下的慢慢吃，这时外婆搛小块红腐乳出来，再浇半调羹腐乳汁，盛在白底小红花的粗瓷碟子里，淡馒头蘸蘸，放学回来的饥肠顿时填满一腔鲜香。淡馒头香是香的，不过不是天天有，隔壁菜场的味道总归还是遮不住，西门的国营菜场就在拐角处，其实菜场也不是全天候的，早市到八九点钟就没啥东西了，稀稀拉拉剩点干乎乎软塌塌的青菜卷心菜皮散在角落，下午一点半开始午市，卖完算数。冬季的白菜，夏天的黄瓜番茄，要候着消息算好辰光去买的。菜场里有位长脸大妈是母亲的学生家长，菜场进货消息提前透露，静岚和外婆就提着竹篮头赶紧去排队，番茄黄瓜青菜茄子，现吃之余，还要腌制各种，夏天腌酱瓜晒茄干豇豆干，冬天踏咸菜，荤菜难得，蔬菜是断不可少的。

2003年，香花桥堍的大光明理发店，老式的理发凳子还用着（龚静　摄）

20世纪70年代末开始，菜场辟出一个柜台卖盆菜，荤素搭配的半成品买回去热锅一炒，方便双职工。边上有间平房，只有早上排开门板，专门卖豆腐。豆腐厂就在这截台硌路的顶头，天不亮的时候最最灯火通明，豆腐厂工人老清老早就上班了，有位邻居大妈就在豆腐厂上班的，每天三四点钟就出门了，总见她下午回来补觉。清晨五六点钟，踩着高筒套鞋、挂着黑胶饭单的豆腐厂工人手端一板板热气腾腾白嫩身子抖豁豁的豆腐从灯光流泻的大门里出来，来了来了，排队的人张着豆腐厂方向，队伍窸窸窣窣起来。新鲜豆腐每天定量做的，卖光算数，所以要天不亮去排队，春夏天还好，都是西大街上面熟陌生的相邻，大家嘎嘎山湖，时间过得倒也快，冬天就难熬了，西北风挂到脸上像刀，跺跺脚，旧灯芯绒的棉鞋也生不出多少热气，哈哈手，绒线手套也不怎么管用，有的邻居戴了工厂发的劳保棉手套，藏青色，鸭脚板，串跟棉线绳挂在胸前，这种手套厚实。买了豆腐，再带几块五香豆腐干，或者一种叫干片的，长方形，比五香豆腐干薄，也便宜些，切干丝炒本地青椒最是一清二白味道清鲜的。干丝在热油锅里慢慢蓬松起来，松松软软的，一定要和青椒丝一起咀嚼，脆和软和鲜的口感，可以多吃一碗饭。很多年以后，本地青椒难觅，就见青椒一个个丰腴得很，干丝自然随处可买，何需老清老早排队，就是那种清脆柔润的鲜无论如何是炒不出来了。

护国寺路和西大街交汇了，左右两边的拐角不那么90度直角的，而是带点弧度，像120度的钝角，左手有家熟食店，右手是益民药房，中药为主。熟食店白色搪瓷盘子里盛着众多浓油赤酱，眼目清亮诱人食欲，其实也是普通之食，猪头肉、猪耳朵、五香牛肉等，偶尔有那种喜蛋，有人是不敢吃的，有人很欢喜地买回佐酒，品种并不琳琅，本来就是物质俭约时代，买熟食的居民也并不络绎，家里来客人了临时来买一小纸包添个下酒菜，不过有样熟食大家都抢着买的——五香兔子肉，兔子肉便宜，好吃，口感比较紧致，老年人的牙口不太适合，可是家里的孩子正是好胃口的时候啊，牛肉鸡肉鸭肉鱼肉比较高端，兔子肉还没有在很多年很多年以后被贴上低脂肪助美容之类的标签，是价廉物美之物，搪瓷盘子很快就会见底。当静岚到了牙口松弛的中年，回想少年时那一口五香兔子肉的滋味，那些牙齿似乎还能记忆起韧而细致的口感，追忆往日大口咬嚼的咔嚓快感。咔嚓咔嚓，像咬一口芝麻花生糖的声音，是年二十九夜母亲自制的芝麻花生糖，麦芽糖熬了，芝麻炒了，花生碎了，在煤球炉上做成了，铺在案板上，凉了刀切方块，收在广口瓶里，春节里每天香上几片，简直想想都要美梦。芝麻花生早早地收集了的，麦芽糖就是在益民药房买的，中年女店员是熟人，走在路上彼此点头寒暄，走过药房问问麦芽糖什么时候到货，她会告知大概日子，年前备个瓶子去拷。

护国寺路的这头是西大街，另一头是清河路，差不多是到了县城的外围了。走向清河路的途中，一侧是炼红小学的围墙，一侧有幢小洋房，一个院子。静岚到小洋房里面去过，地板踏上去软咚咚的，母亲在一间小房间弹风琴。母亲说她师范毕业后刚到炼红小学做老师，开头几年就住在小洋房的宿舍里。静岚觉得这幢房子和西大街上的房子都不太一样。还是后来才知道这里曾经是当年的棉业公会。元代开始，棉花在嘉定推广种植，棉花、棉纱、棉布生产和贸易自然十分繁荣。当年的棉业公会后来做过幼儿园，做过教师宿舍，再后来做过城三中校舍，然后，当时光到了21世纪，这里围在护国寺的院墙内。静岚清楚地记得，在她7岁时这幢小洋房朝南的围墙上开出一扇小门，母亲带着她在这里替她报名上小学。

走过小洋房的围墙，再往西走走，已经看得见公社的大田和晒谷场了。光机所也在清河路这边。光机所是蛮神秘的，市属单位，科研机构，说是研究激光的，激光是啥么事，真是想象不出啊，就听说是种老结棍老神秘的光，穿墙而过那是不算什么的，比什么机关枪都要厉害，总之是高科技。好像要到1980年，电影《珊瑚岛上的死光》放映，让人见识了一下激光的厉害。所以，看上去光机所的房子虽然蛮普通的，房子周围也是常见的水杉，想想里面在研究激光呢，连水杉也好像沉默地神秘着。在光机所里工作的人大多住在城中路的那些公房楼里，他们说的话和嘉定本地人的口音有些区别，“我”叫“阿拉”，嘉定人则说成“伲”的，静岚晓得的，这种话叫上海话。光机所大门面朝清河路，三面围墙外就是农田，有一棵高大的不知多少年的银杏树直立在农田里。

不管从项泾街走到西大街，还是走两座石条桥从炼红小学门口沿着护国寺路走到西大街，还是直接穿出104弄弄口去西大街，反正，在西门，走来走去总归绕不开西大街的。就算走过已非老桥式样的香花桥去练祁河对岸的西下塘街籴米，或者吃力地攀上高耸的虬桥到河对面的人民医院看病，总归还是要回到西大街上。虬桥在静岚小时候看来真可算得上高耸了，抬脚第一级台阶，仰头，望不到桥顶似的，总算到了桥顶，总要停一停，喘口气，下桥就变得特别轻快。桥的设计也是合理，台阶位中，两侧铺碎石，骑脚踏车的过桥可以人走台阶，手把车龙头推车而上，下桥时自然得小心收刹车。从小

籴米图（韩王荣　画）

虬桥上上下下，成年后的静岚再看江南古镇的其他什么石桥是没有审美惊艳的，不过就是小时候的日常生活嘛，怎么还成旅游景观了，看着游客们在桥上走来走去很开心的样子，静岚想小时候每次过虬桥那个气喘啊，常常低首躬身，一步一阶，站到桥顶，长舒一口气的时候才莫名开心起来。咦，虬桥哪能看起来这么低矮，哪有要仰首才见的气势呢，成年后的静岚再去走虬桥，虬桥不过一顶低眉顺眼的老石桥罢了，固执倒还有些固执的，卧在练祁河上就是那么不动声色，虽然一半桥身荒草萋萋，一半也斑驳得乱七八糟，抬脚几步老石头，恨不得就想坐在低低的桥栏上，看看河水。

以吊桥为界，朝东是人民街，朝西当然就是西大街了，经过香花桥、项泾桥、虬桥，西大街一直延伸到侯黄桥，过了沪宜公路，仍然是西大街，民居、水泥厂，慢慢地看得见高义桥，基本上接近村野了。静岚很少去侯黄桥朝西的西大街的，到了侯黄桥感觉就是出了城，西大街的市井热气好像渐渐地冷下来，就是侯黄桥堍这边的一家饮食店，似乎也不如香花桥堍的那家叫大东饭店的闹猛，饮食店门口立着个柏油桶卖大饼的，吃上去好像也不如项泾桥堍那家常去的大饼香，大饼上的芝麻多。从侯黄桥望过去，河里泊着几艘木船，河岸上台硌路，路边一些低矮的平房，还有水泥厂高高的搅拌塔。

西大街上的每座桥都是有话头可以讲讲的。侯黄桥背后的历史尤其悲壮。其实，桥倒是侯黄桥最普通，既非古老的石拱桥，也非当年古典拱桥后来改建的，终归还是顶着个老桥的名头，这侯黄桥是随 1934 年开工的锡沪公路（沪宜公路前身）的筑造而建造的，不过当时的嘉定政府于 1933 年冬季农闲时即开始动员民众积极参与，技术有限的时代，拼的是人力，开始是木结构，后来钢筋混凝土技术成熟才重新进行混凝施工。桥的建成凝聚嘉定人精神，桥的名字来源更是嘉定人骄傲。侯黄，侯峒曾、黄淳耀是也。当年清兵入侵嘉定，嘉定人民奋起抗清，顺治二年（1645 年）六月，清军又下剃发令，称“留头不留发，留发不留头”，嘉定民众推举侯黄两人为领导，大家一起奋力抗击清军，后来清军用大炮轰城，始得攻入。侯峒曾呼“与城存亡，义也”，遂投河而死。黄淳耀自缢，嘉定城中人无一人投降，清军自此滥杀无辜，开始屠城，是为“嘉定三屠”之历史事件。只要是嘉定人，基本上都知道一些关于侯黄两人的历史的，有意无意间潜入嘉定人的血脉。小学时，练祁河什么的老师倒没怎么提过，侯黄俩人是一定会在班会上说一说的，所以，静岚小时候每次走到侯黄桥，虽然看到一座其实很普通的公路桥，好像总归有些不一样的，朦胧中晓得脚下这块走来走去的土地是特别的。

还是吊桥到虬桥这段西大街最是热闹，菜市场、肉庄、熟食店、饭店、饮食店、食品店、百货店、布店、药铺、剃头店、水果店、补碗店、老虎灶、白铁铺、五金店，当然，邮局（兼卖报刊）是断不可少的，还有家储蓄所。店铺楼上自然也都是有住家的，店铺和店铺时有夹弄，弄里曲里拐弯地藏着人家。店员也大多住在西大街上，买东西常常就会变成了店员顾客的拉家常，新品进店也会口口相传，的确良、开司米、零头布，零拷的珍珠霜到货了，都是女人们快步走出家门到街上铺子

西大街·虬桥（龚静摄于2001年）

里的鸡毛信。

西大街上最大的一间百货商店和布店门对门，静岚跟母亲去布店，最欢喜收钱找零，店员利索地用夹子夹好钞票，顺着店堂内四通八达的铅丝网络，梭梭梭地穿到收银台，噼里啪啦一阵算盘响，夹子夹好小叠零钱，梭梭梭飞到店员跟前。准确无误，配合默契，伴随着夹子穿过铅丝的尖而不锐的声音。日长时久的，铅丝变黑，不那么直了，却还是穿梭利索，毫不出错。店员和收银员间无缝对接，布店像是表演的舞台，一次买卖竟在平常中染出一点点艳丽之色。百货商店呢，除了去买东西，静岚其实很好奇柜台后一隅的一扇小门，门常常关着的，但并不紧锁，其实虚掩，店员取货总是从小门进出，后面想来是百货店仓库，可是静岚又不可能进去，只是每次去百货店，每次多看两眼，揣摩小门后面的仓库是何等模样。

直到 21 世纪初，对，就是静岚小时候每次作为学生代表在学校晨会上发言时会说的，为实现四个现代化，向 2000 年进军而努力奋斗的 21 世纪初年，静岚方才看

静夜图（韩王荣　画）

到百货店小门后的天地。这一端详，时空变幻。百货店已陈旧疲惫，在大百货大厦林立的时空里，西大街的老百货店实在连迟暮美人都不好意思说的，稀稀落落的几个营业员脸上灰旧旧的，落寞地守着些老柜台，偶尔有个人来零拷雪花膏，粉红色的，说是银耳霜，哦，静岚记得那时百货店只要说来了美加净银耳珍珠霜，左邻右舍的，赶紧兜着白色塑料小空瓶出门。百货店里的营业员脸上神色活泛，掌握着物质资讯，常有熟人来打听，老有面子的。可是，都是过去式了，现在店堂倒还没有像若干年后那样分割成一间一间地租出去，还是老空间，就是散了气场，开一次门是一次的意思。静岚这时晓得了这一爿百货商店，连着对门的布店，当年可是大宅门，是清末民初大清银行总裁顾溶（中国近代职业外交家顾维钧之父）的宅院——厚德堂。有房三十余间，西大街街南一开间，二进深；街北五开间，三进深，平房与楼房相连。另有水桥一座，水井一口。水桥就在布店后门的。从百货店侧夹弄进去，静岚终于看到了小门后的模样，是厚德堂后院，已然破败，不过老屋门外砖地上有一枚用碎砖铺出的清代钱币，外圆内方，看着不显眼，自是当年主人身份象征。距这枚钱币不远就是那扇每每虚掩的小门，当年百货店店员进进出出的，不知是否注意到脚下的端倪？

西大街的人都喜欢百货店和布店，走过路过身子一晃就进去了，转一圈，看看有啥新鲜货。新色的毛线来了，叫了面熟陌生的店员阿姨取了来，手里掂掂，心里盘算着日用开销之后的钱袋子够不够。白跑鞋倒是到货了，想想还是攒了钱给儿子先买吧，家里旧的那双洗了早就发黄了，白粉笔再涂也涂不白了。边琢磨着，边配了几粒衬衫上的纽扣带回家，好像也蛮心满意足的了。

当然，西大街上的人礼拜天还是蛮欢喜去城中“一条街”，觉得一条街百货店总归比西大街上的大，货色好像要新点。讲是讲“一条街”，其实一侧商铺，一侧是体育场和老房子。商铺上面呢，是六层楼的新公房，楼里有自来水有煤气抽水马桶的。新公房里住的大多就是光机所计算机研究所等迁到嘉定的市属单位职工，他们讲市区话，和嘉定本地话有些不同的。用水公共龙头、天天倒马桶烧煤饼炉子的老街人家当然羡慕这里的。所以，“一条街”三个字好像自带光环的。当然，走来走去的，觉得“一条街”终究还是短了一点，铺子还是少了点，那就干脆去“上海”了。

二、104弄

那些人·家

西大街临练祁河边的大多是江南老式木结构宅子，平房居多，也有二层结构的，临河处伸出几级石头水埠，水埠一般洗洗涮涮，当然不会像老底子那样泊舟航运了。大片民居都在街对面，砖木结构的老房子，弄堂深深引入，但也已经有了一些新公房，沿街或者弄堂深处，楼层大多三层，不高，与老房子倒还和谐。

104弄在西大街的中段，弄口比一般弄堂要宽，上面就是三层楼的公房，这排公房沿街而造，但底楼依旧是原先的老式门面，五金店、百货商店，每天早上开门，木制的门板一扇扇打开，排在铺子外。街和铺子隔了两级台阶，铺子外还间隔种了几株悬铃木，楼上晾衣架下被单衣裤，楼下顾客出出进进，夏天的时候有时会有刺毛虫从树上掉下来，收衣服时得仔细抖一抖，逛街的人缩着脖子紧着步子跨到台阶上，生怕刺毛虫掉进衣领里。刺毛虫被踩在地上留下一斑斑黄绿色的点，幸好布鞋贴了橡胶底，否则黏糊糊一滩。

穿过弄口，弄堂修身为仅容两人侧身而行的宽度，两旁也是老房子，一侧是家院落，一侧则为细夹弄里房子套房子的宅子。过了这段，又宽了，一边还是老屋，一门进去三家人家，还有就是小平房，并排两家，王家搭了个小灶披间，灶披间外有点泥地，插几根细竹，竟是种了丝瓜，一家就是豆腐大妈家。另一边是前后两幢三层楼的公房，静岚家在前面的4号，夏天4号外墙的电线上爬着王家的丝瓜藤，晚上墨绿色搪瓷罩子的路灯

西大街104弄，江南民居、旧式公房混杂，走出去就是老街了（龚静摄于2015年）

一开，时常会看到壁虎从砖缝里爬出爬进，有时会爬进二楼阿芳姆妈家的窗缝里。阿芳姆妈家在二楼西头，204，静岚家则二楼东头，201，一东一西都是三居室的结构，大家都在走廊外又装扇门，装了木头窗子，水泥抹了墙，砌了灶头，过道就兼了厨房。中间 202、203 并排两套，有点像现在的三室一厅，进门即厅，厅即厨房，两间屋子皆朝南，一间连带小阳台。202 主人换了两拨，203 也是两换户主。三层楼的楼上楼下的格局当然是一样的。一般都住着一家四五口，烧煤饼煤球，没有抽水马桶，所以每层楼梯口的那个水龙头处有个倒粪口，直入楼下的粪池，定点日子环卫所会来抽取，倒粪口是有盖子的，大家每天刷马桶时都会用水冲洗，不过总归还是会有气味出来，静岚知道城中路张马弄有叫六一新村的，那里是用抽水马桶的，大人们讲那是县大门里的人住的呀，西大街的人内心深处都盼着住烧煤气有抽水马桶的房子的，不过一时半会住不上，每天倒马桶还是很认真仔细的。初中时，静岚中午放学回家，饭罢，略略休息，一般会帮外婆一起倒马桶，阿芳姆妈家的小峰姐姐也总此时拎着马桶过来，静岚比小峰姐姐小 2 岁的样子，两个小姑娘在湿濡濡的水龙头前躬身用劲刷洗马桶，好像有点比赛谁刷得干净的意思了，竹制的马桶刷，一会单手握，一会双手把住，刷刷刷刷，有时得了类似蛤蜊壳的小贝壳相助，刷洗时就多了哗啦啦的隆重的清脆感，淘洗一遍又一遍，然后晒在走廊里。倒好马桶，冬天时身上倒热乎乎的，夏天朝阳格子的方领衫背后映出汗渍，里面自家缝制的白棉布小背心黏在背上不那么舒爽，一圈印子时隐时现，静岚看到小峰姐姐的汗渍，眼睛赶快躲开来，后来懂了，那是女孩子对身体的敏感和觉醒的萌芽。还是看到小峰姐姐穿上了小背心，母亲买了零头布让外婆也给静岚做两件，两个人好像还笑眯眯地对视了下，嘟囔着小姑娘要长大了，像有什么事要发生的样子。什么事情也确实在发生着，静岚敏感到身体慢慢有些变化，所以要穿小背心了。

常常倒马桶，腰会酸痛，可是大人们却笑言小孩子哪里有腰啦，那个时候大人们对自家孩子外表上似乎看不出有多少爱的，好像孩子是个讨债鬼，要吃要穿要上学读书，样样都要操心都要钱，每到开学交学费，母亲不由自主会对阿芳姆妈说：哎呀，家里有两只书包啊，啥辰光好出道啊。阿芳姆妈接口：哎，大有大的烦恼啊。大儿子二女儿已经进厂工作，就剩三女儿上学着，老公Y伯伯在医院上班，做个部门小头头，阿芳姆妈家里手头相对比较宽舒点，话语间偶尔难免炫一炫，不过总也是谦抑的，烦恼在后头等着呢。

阿芳姆妈面孔圆笃笃白嘟嘟，眼睛像杏仁，齐耳短发，有时箍个头箍，头发刷刷往后，露出宽窄正好的额头，那时五十不到的，不过大家都是灰色翻领两用衫藏青卡其裤子，最多领头里翻出一角花衬衫领，中年人显得很是中年人，为过日子操劳奔波的样子。阿芳姆妈在南门的纺织厂上班，所以讲话嗓门大，车间里机器声音大，人要说话哪能不直着喉咙呢，所以讲阿芳姆妈人还在底楼楼梯口，寒暄声就已经传上来了，她每天从西门走到南门，再从南门走到西门，进了屋，通煤饼炉做晚饭，虽然见她上楼梯时要扶着扶手腰也直不起来的样子，可是一旦忙活起来还是整个人轰隆隆的。每周有一两天，阿芳姆妈上楼时除了讲话声，还伴随着肉馒头的香味道，厂里食堂做的，捂在布袋袋里，肉香和面香禁不住散出来。几次静岚开家门正好逢着楼梯口的阿芳姆妈，她笑眯眯拿出一只肉馒头，静岚晓得一只肉馒头也是稀罕物，不好意思，推托，阿芳姆妈还是塞进她手里。静岚红着脸揣回家，跟外婆弟弟一起分来吃，肉馒头的馅倒不是最好吃的，最好吃的是肉馅和馒头贴肤的那一层，肉香和面香最是体贴入微的缠绵。过几天，外婆裹了馄饨，就会盛一碗叫静岚递给阿芳姆妈尝尝。外婆讲相邻么就是要有来有去咯。

阿芳姆妈的弟弟也在县医院上班，骨科大夫，方圆的脸，走起路来稳笃笃，头微微抬着，眼睛不太朝陌生人看的，楼梯口上来碰到邻居，实在躲不过，就稍许点点头。阿芳姆妈为丈夫和弟弟的职业骄傲的，厂里小姐妹有这样的不多的，就是在城里，家人在医院里工作也是特别体面的。阿芳姆妈自然而然流露出她的开心，她欢喜问问你家吃点什么，当然她更欢喜你问她今朝烧点啥好吃的，腌笃鲜、马兰头豆腐干，时鲜货啊，呵呵呵呵，阿芳姆妈听了邻居的羡慕很响亮地笑了；买了新衣料，她欢喜展开来给邻居看看；那一年二楼四家人家，是阿芳姆妈家买回了第一台 9 寸黑白电视机，来看来看啊，大家勿要客气，她挥着手邀请邻居们去看，不过次数多了，也不大招呼了，毕竟夜里厢看电视，家里多出一二个小孩子，想躺下又不好，又不好叫小孩子早点走。所以讲一桩事体要长远，总归难的，一时兴起时无法料到的枝枝丫丫都会冒出来。静岚是去看过一两次的，电视节目好看的，不过坐在小矮凳上总归觉得哪里不太适宜，满怀着无以名状的抱歉。过年的时候，阿芳姆妈的年货总归稍稍比邻居多些，要凭票供应的荤菜人家买不到，阿芳姆妈家里总还有些办法弄来一些的；除夕前，她就忙出忙进地在公用水龙头前洗啊洗的，木脚盆里伏着一只待拔毛的鸭子和化了冰的鸡，还有冰冻的大黄鱼，阿芳姆妈一边拔鸭毛一边笑声朗朗地与邻居说话。

203 最早住的一家人在静岚小学时就搬走了，女主人高挑方脸短发，行事利落，护士，跟阿芳姆妈丈夫是医院同事，男主人则温雅内敛，做着城里一家银行的负责人，一女两儿也长得长身帅气，阿芳姆妈在他们面前好像说话比较谨慎，不那么高声朗朗。在城中路造了有抽水马桶的公房楼后，他们就搬走了，房子就在八十年代时髦开张的嘉露西餐社楼上。续搬进 203 的男主人大家都叫他郭医生，方脸宽额，看起来严肃，笑起来倒是眼睛也在笑的。坐镇眼科，妻子也是纺织厂的，不过阿芳姆妈的那家在南门，这位阿姨的在西门最西头。阿姨比郭医生小十几岁，皮肤雪白，身材苗条，邻居们暗自称奇。静岚很长时间内不知道阿姨姓名，就叫她玫姆妈，玫是郭医生大女儿，已故前妻所生，阿姨后来育有两子，姐弟仨年龄相差颇大，相处融融。玫姐姐懂事善家务，阿姨逢邻居总说她生孩子时玫如何帮做家务洗尿布，尿布都是旧被单剪下做的，西北风里冷水洗尿布定规手上要生冻疮的。在 203，是没有辛德瑞拉的故事的，玫姐姐和玫姆妈倒是亦姐妹亦母女的。静岚有时暑假里去 203 和两个小男孩闲聊，郭医生一般笑一笑，在大房间里戴着一副锈琅架眼镜看书，他是西医中医都看的。玫姐姐好像很忙的样子，高中后有阵待业，烧饭做家务，呆在小房间里自学英语，方脸盘尖下巴细长眼睛，讲起话来刮拉松脆，当仁不让，玫姐姐透着硬气利索，有股子要掌握自己命运的心劲。

阿芳姆妈家的萍姐姐和玫姐姐年龄相当，萍姐姐圆脸大眼皮肤白，笑起来脸部皮肤舒展，待人和气。静岚喜欢和萍姐姐说话，看她和外婆在家里的八仙桌上摊开新买的的确良料子，拿着木尺和划粉比划来比划去，她请外婆帮她一起裁件小圆领短袖衫。正好外婆也给静岚新做了奶黄色的确良短袖衫，就请萍姐姐在左右门襟上用白丝线绣了两长条小花。穿上这件绣花的确良衬衫，搭配浅灰色的板丝呢裤子，考上重点高中的静岚觉得夏天很值得盼望。看到绣花，静岚小学时就描了一本绣花花样本，数学小方格簿子，先在封面上工工整整地写上自己的名字，花样本、1975 年 7 月，一格一格打 × ×，描了各种花草、跳芭蕾舞的姑娘、猫咪、燕子、树，自然还有“北京”“上海”“双喜”字样，对了，还有一把小提琴，小提琴是静岚最欢喜的，可是不会拉，塑料铅笔盒上倒有一个拉小提琴的姑娘，静岚觉得像一个梦一样的，父亲特地从单位借来一把小提琴，没人教，静岚自己坐在门口小矮凳上划拉来划拉去，发出锯木头般的声音，静岚自己都觉得难听，不过能够下巴托着一把真正的提琴静岚还是觉得小小的满足呢，所以花样里怎么能少了一把提琴呢，只是没机会绣过。

西大街百货店有卖一角一团的白线团，静岚用它钩了包，钩了台布。真正学绣花也就是初中时一两个暑假，跟着萍姐姐小峰姐姐还有底楼的周家姐姐一起在楼梯口边学边绣，绣缝纫机套，绣枕头套，尤其枕头套的锁边是极其考验耐心和手艺的，顺便又钩了几只棉线包。

中午吃完饭后，几个女孩子都不睡午觉，楼道里安安静静的，这时正好拿着小矮凳出来绣花，提个小竹篮，篮子里绣花线绣花针和绷好了布的绷架，还有蒲扇一把，垫膝盖上隔热，不会忘棉手绢一块擦汗。绷架是母亲们做姑娘时的，从箱底里翻出来，再在里层的竹圈上缩了新布条，螺丝里滴一滴机油，紧紧绷架，布头和丝线是从柴米油盐里抠出来的，小姑娘学绣花大人都蛮支持的，反正缝纫机正好少个套子，枕头套绣了放着送人也不错（七十年代枕头套还是可以送人结婚志喜的）。缝纫机套是深绿色的布，就配白色绣花线。枕头套普遍粉红玫红的布，白色绣花线是常用的配搭，讲究点选择米色。

静岚坐楼梯末阶，小峰姐姐的板凳靠底楼走廊，孙妹妹和周老师呈直角坐在自家门口，若是萍姐姐来呢，就靠着底楼的洗水池坐。大家坐成一个小小的 C，对着楼外的水杉，夏风晃晃悠悠地吹着水杉。

绣的花是用复写纸衬着花样描好的，月季花、叶子、花篮和蔓枝，诸如此类的花卉。通常布中央一个大花样，对角俩小花，看起来均衡舒服。姑娘们都是初学者，当然不会绣苏绣湘绣蜀绣的针法，比较常用的“平针”“戗针”和“辫子股”，长长短短的绣线饱满了花蕊，舒展了叶子，将花篮拉出格子状，好像竹藤串编的条子；姑娘们还学着“离线绣花”，用针打出个小结，然后重新“在线”，绣出一个个点子，作为花蕊的伞序；大花样总要绣几天的，虽然起跑线一致，但不久还是分出了高低，可

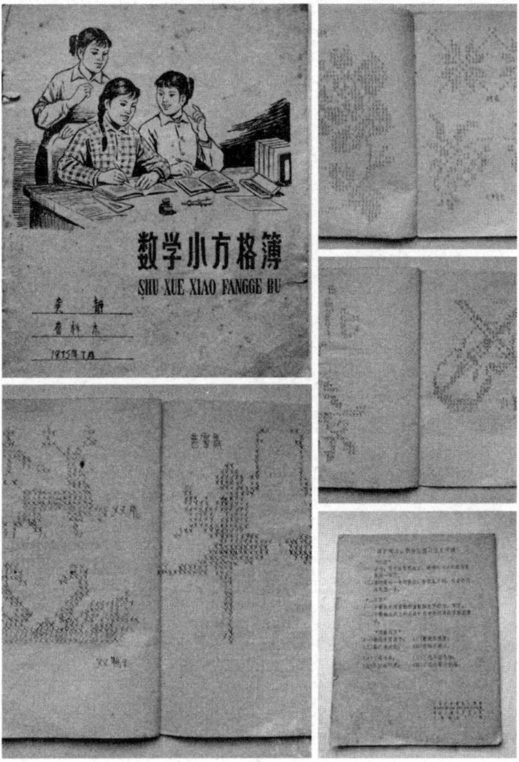

描花样，数学小方格簿来派用场

心里谁也不甘心居后的，就暗暗使着心劲努力绣，要好要齐要密，更重要还要快。自然，也没那么紧张，也是会说说闲话的。周老师还常引我们说笑，还要谈谈学习成绩，午饭吃点啥。她其实不绣花，她织毛线，把冬天家人要穿的尽可能赶在暑假里完成。静岚也会织毛线，是跟母亲学的，母亲在夏天到楼下乘风凉时，都会拿着毛线活，拿把蒲扇垫好，纳凉编织两不误。母亲较多织的是装肩膀的那种式样，周老师会织“水牛肩”，所以绣花的时候就溜眼她的针法。绣了差不多半个小时的样子，一般周老师的二女儿会出来洗把冷水脸，脸上午睡的席痕还留着，静岚和小峰姐姐不约而同抬起酸酸的脖子，看看她的席子印，笑一笑。

绣花是蛮让姑娘们有成就感的，很多年后静岚发现自己常常书看着看着就很专注地抿起嘴来，好像凝着心劲的样子，遥遥地想起那些在西大街楼梯口绣花的日子，好像看到一个抿着嘴的少女，手里的绣花线无声地穿过来穿过去，时而情不自禁摸一摸绣好的花，嘴唇轻微地翘一翘，时而抬起来舒口气，或回身跑几级楼梯到家喝

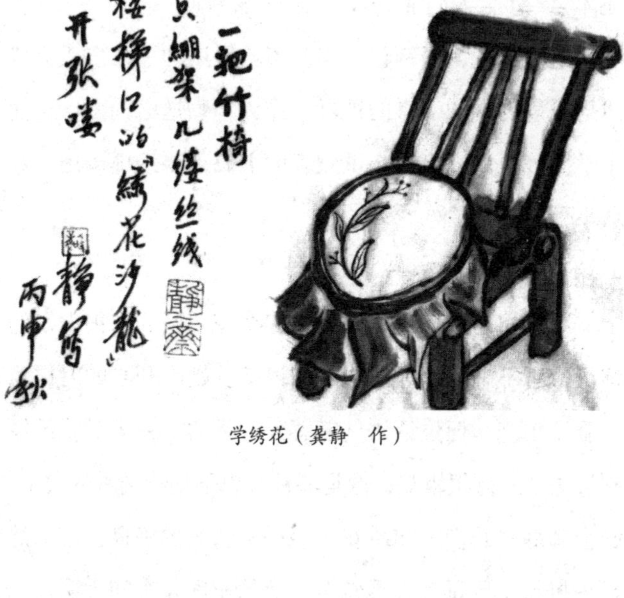

学绣花（龚静　作）

口决明子凉茶。为了锁缝纫机套的荷叶边，细细的沿口另贴入了一根鞋底线，以增加立体感，然后沿着这根线慢慢“攀缘”，没有耐心肯定会成为“犬牙口”。高温不是问题，汗水不是问题，少女在夏日的绣花中自然而然地体会到了大人们常说的“心静自然凉”。

绣完了花，又钩包，钩台布。静岚钩了几只或棉线或尼龙线的网兜，有的被母亲作为礼物送给同事，这使小学生静岚内心生风，虽然表面上总还要谦虚谦虚，像从小受的教育那样。

玫姐姐不跟邻里姐妹们一起绣花。她好像很大姐的样子，也不怎么跟邻居小妹们说笑。她不开心的时候脸上看不出来，但说话语气能感到，嘴角牵一牵，脸已经别过去了。萍姐姐呢，像是那种心思不是特别重的女子，她会和静岚她们一起绣花，会一起去买的确良，会带静岚去机械厂玩玩，看看她做生活的车间。车间大啊，一台台车床威武的两排列阵，中间空道工人们走来走去，抬头顶上还有行车来去。看了车间，萍姐姐带静岚去厂里浴室汏浴。汏浴在那时是件需要兴师动众的事，筹划好一个日子，香皂、海鸥汏头膏、毛巾换洗衣裳，整理停当放包里，还要夹一个塑料面盆，方便在浴室里蓄水，浴室门口礼拜天和节假日前总归排长队的，盆浴等得慢，淋浴快点，不过龙头少人多，有只面盆盛水就灵活些。走过西大街，走过人民街，走到藏在公房楼里的城中浴室，门口已经是一队人了。

幸好后来几年西大街唐家弄里厢也开了一间浴室，西大街的人不必兴师动众跑到城中去了。静岚对唐家弄晓得是晓得的，煤球店就对着弄堂口，每个月都要和母亲挑着箩筐去买煤球粉，拿回家来做煤饼的。也晓得唐家弄弄堂口有间屋子是同学家，小学初中的男同学，高个子，不怎么说话的样子，静岚也没和他说过很多话，封闭的环境中，少男少女说话是一件大事。唐家弄为什么叫唐家弄呢？静岚不晓得。晓得的时候得等到多年以后。原来弄堂口有个门洞进去另有乾坤，小小的门进去，却是飞檐门楼的大宅子，说是清末显贵唐绍澜的故居，据传曾任八省巡抚，这个官做得蛮大，不过当静岚走进去看看时，里面已经七十二家房客了，门楼倒也气派，不过边上就晾着花花绿绿的棉被；二楼回廊的栏杆也还雕刻精细，只是栏杆上不是搭着拖把就是挂着抹布；房间还在的，不过大房间隔成小屋子，为了给更多人家住。去浴室汏浴时很少注意到这间宅子，进门那么小，实在不为人注意的，只有进到里面才别有洞天。静岚不晓得男同学知道他家对面的大宅子故事吗?

汏浴去就是汏浴去，天天西大街走来走去的，这些老宅子就好像看熟了，就有点无睹了，不晓得窄窄的弄堂里气象万千呢。

萍姐姐进厂上班前，也和静岚和母亲约了一道汏浴去的。厂里多少好，食堂浴室样样全的，静岚顶着一头湿漉漉的长头发跟着萍姐姐穿过厂区回家，看着萍姐姐汏浴后红扑扑的圆脸，觉得有个姐姐多好，可以不需要啥事体都要谦让弟弟，苹果要小点，糖果要少几粒，家务活是要多做点的，细碎的想法和头发上滴下来的水滴一样滴滴答答，静岚当然不会跟萍姐姐说的，静岚隐隐地晓得父亲帮了忙，所以萍姐姐能顺利进了工厂，萍姐姐带静岚到厂里白相，也是表达谢意，虽然萍姐姐没有明说什么。工作稳当了，萍姐姐开始有了别的心事，她自然不会跟初中生的静岚说，她白里透红的脸汏浴后饱满粉嫩，人家给她介绍了一个男朋友。

男朋友是来过104弄的，不晓得那天算不算正式上门，仿佛是先带来给父母看一看的意思，方脸眼镜斯文相，和萍姐姐隔着八仙桌而坐，阿芳姆妈在边上忙出忙进，两个人也不怎么说话，静岚隔着走廊看过去，虽然还不太懂得谈朋友这种事情的具体细节，不过晓得这个样子蛮尴尬的，众目睽睽之下啊，哪能眉来眼去呢。阿芳姆妈看似蛮满意，人老老实实的，蛮好蛮好。萍姐姐大概也是满意的吧，后来就与这个男朋友结婚了。

玫姐姐比较神秘，口风紧，到静岚考上大学的那一年，正好搬离104弄，还是没看到过她的男朋友。

玫姐姐和萍姐姐的关系说好呢也好，她们会聚在203厨房里一起编黄草。静岚看到父亲有一阵隔三岔五地带一捆捆黄草回家，是找认识的人领来的黄草编织活给她们挣点零花钱。娄塘的黄草编织是有名的，草包草帽草拖鞋草盒子草杯垫子都是出口产品。黄草已经是染好色了的，但还需清洗一遍，晒干，一般有本色、红绿黄蓝色，按照木制模子和图样来做。玫姐姐萍姐姐也是手巧，草包草盒子什么的很快就得心应手了，只是手指被黄草勒伤划伤是常有的，细细的黄草掠过，手上其实是很吃劲的。那时她们大概在待业吧，所以空闲辰光多，又是有心劲的人，不想空掷。黄草时光是颇为闺蜜了的，不过后来彼此各自进厂，各自忙乎，似乎也不那么闺蜜了。玫姐姐自学英语读自学考，离开工厂跳槽去旅游公司了；萍姐姐呢，结婚生孩子，多年后厂子倒闭，买断工龄，自谋出路。一起待业做黄草的闺蜜，从104弄出来，依然嘉定，各自东西。

两个女儿阿芳姆妈是不用操心的，最让她操心的是大儿子。大儿子长得高大帅气，也比较受阿芳姆妈宠的，儿子呀。中学毕业，儿子就呆在家里，去镇附近的乡下算是务了几天农，农活到底重，吃力，不想做，回来了。阿芳姆妈托人想了办法把儿子安置到钢铁厂做工人。工矿啊，是大家眼热的地方。阿芳姆妈觉得蛮好，可以喘喘气了。可是，儿子嫌炼钢工人的生活太苦，红彤彤的炉水在电影里放放蛮壮观，天天站在面前做生活滋味实在不好受，哪一天不是一身又一身的汗。虽然劳保福利还可以，纱手套拿回来萍姐姐还拆了织线衫，天热盐汽水随便吃，生活到底是吃力的。儿子开始泡病假，要阿芳姆妈托人开后门，换只工种做。吵呵吵，这种事情一下子是办不好的，劳动局人事局劳资科，头头脑脑的，计划经济年代，进单位，调单位，大事体，工种调调也非小事。儿子天天和阿芳姆妈吵，Y伯伯内向人，心里气，闷在一旁。邻居们听到了，来劝，劝勿听，没办法，阿芳姆妈哭呵，拍手拍脚地哭，骂儿子，短寿命，气死老娘啊，我死给侬看啊，儿子把门一甩出去了，阿芳姆妈红着眼睛收拾残局。一段日子里，争吵随时要发生的样子，家里的空气也是颤抖的。

有一次吵得凶，阿芳姆妈突然跨上了窗台，任凭丈夫和玫姆妈怎么拉劝，要从二楼窗子跳下去，嘶哑着：勿要活了，死了不看见清爽。拉的人用力，跳的人也似乎很用力，阿芳姆妈的头发凌乱地左右晃动，一只脚已经踏在窗台上，嘴里还在嘶喊。阿芳姆妈勿要这样，总归是自家儿子，吵过么算数了，你跳下去要是半身不遂还要麻烦呀。玫姆妈声音不大，听来入心。阿芳，做啥做啥，跳下去有啥用，还要好好叫活呢，事体慢慢来，总归会解决咯，不要一时气伤心。静岚也在边上，看母亲一边拉住阿芳姆妈的脚，一边说。不要劝我不要劝我，活着难过煞了。阿芳姆妈头往上，脖子梗着，不时随着抽泣而动，身子倒是稳住了。当然，结果当然没跳下去，阿芳姆妈其实不会真跳的，还有一大家子人呢。萍姐姐小峰姐姐立在窗台一侧的方桌边不响，怕邻居看到眼泪水，头又别过去拿出手绢。邻居们都晓得实在是气得，气得急火攻心，这股气不晓得拿它怎么办，没办法，只好跳一跳，否则场面难以拾掇。

儿子作来作去的那阵子，阿芳姆妈自己身体也不太好。老早有点小毛小病呢，比如头痛脑热，胃口不好，静岚记得她来家里叫外婆刮痧。阿婆，侬替我刮刮，刮得重点勠要紧咯，说着阿芳姆妈已将衣裳撩起来了。外婆拿只小碗出来，倒点豆油，一把白瓷调羹，沾点油，沿着脊背上下移动，一会背部就开始红起来，有时还刮颈部前面，外婆的手势轻重正正好，静岚看到阿芳姆妈放下衣服时的表情舒缓不少，嗯，适宜点了适宜点了。虽然劲部背部红红的，看起来有点吓牢牢的。不过，阿芳姆妈这阵可是更年期毛病，木脚盆里每个月总会倒出几次红乎乎的水，阿芳姆妈的面色不如以前红润了。母亲对静岚说小孩子不懂，勿要瞎问。模模糊糊的，那个木脚盆使静岚觉得女孩子长大了大概会很受苦。阿芳姆妈倒水时不避人的，对玫姆妈说“老居三”总归不清爽，看来要去看一看了。玫姆妈说，侬自己要当心，这个年龄了，蛮麻烦的。后来慢慢地，医药之后，倒也好起来了。

路子终于走通了，儿子有了比较满意的着落，阿芳姆妈又开始张罗儿子婚事了。介绍来介绍去，结果还是和 202 攀上了亲。

202 最早住的人家静岚真的没什么印象了，母亲说这家男人还是镇上一个什么局的官，个子不高，人倒蛮和气。静岚对202印象深的邻居还是周师傅一家。

周师傅刚从工厂退休不久，一头黑白相间的头发梳得溜光，讲起闲话来糯嗒嗒，笑起来嘴角有俩米粒酒窝，皮肤白白的，很少斑斑点点，不像其他老年人那样干涩苍黄（其实现在想来那时周师傅也不过五十多岁，哪里算老年人），身材虽然发福，还是挺得直，深色衣裳的得体穿着，邻居们都说周师傅像个上海人呢。这种“上海人”的说法意味着洋气、时髦、不土气。刚开始，彼此间还有些陌生，点头寒暄比较生分。周师傅家厨房的窗朝向静岚家的走廊兼厨房，所以周师傅烧啥菜吃点啥闻一闻就晓得了，外婆和周师傅很快就熟络起来了。其实，周师傅不像看上去的那样清冷。她说她和老头子是随工厂迁到郊区才来的嘉定，常师傅（就是周师傅嘴里的老头子）尚未退休，还在厂里上班，个头矮矮的，花白平顶头，胡子也是白的，每天出出进进，对人笑眯眯，笑起来露出嘴里镶的银牙齿。周师傅和常师傅没有城里几家市属科研单位的人那样的“市区气”，觉得住到郊区来吃了大亏似的，来往的人也要和本地人撇清，周师傅与土生土长的嘉定人一样，买菜烧饭倒马桶，工人阶级的平常日子。

周师傅会做衣裳，先裁好纸样子，再在面料上动刀子，和擅女红的外婆两个人正好可以切磋切磋。外婆做中式衣裳在行，周师傅呢，做出来的样子比较时髦。尖角领带点点圆角，胸口打块克夫，克夫上折几厘米小褶子，普通的格子线呢两用衫好像就多了几分味道。周师傅给静岚做过这样一件枣红黑格子的两用衫，还有藏青色中长纤维裤子，搭配起来看上去蛮适宜的。她小女儿身上的碎花的确良短袖衫，米色线呢尖角领翻领衫，尺寸妥帖，都是周师傅的手艺。小女儿二十多岁了，脚有点跛，小儿麻痹症的后遗症，苗条姑娘，小长方脸，眼睛大嘴唇厚，文弱的外表下呈现一股子梗劲，跟周师傅常师傅都不太像。她说话短促，音节之间常有停顿，但还不到口吃的程度，这使她说起话来不太温柔，不太嗲，直楞楞的，不会讨巧的样子。姆妈，我回来了。姆妈，我走了。与周师傅闲谈也是一短句一短句，没有周师傅说话的悠闲劲，倒好像是开会发言，发完言也就结束了。周师傅爽快人，讲跟常师傅是半路夫妻，小囡是周师傅带来的，大囡随老伴来家的，大囡小囡都是他们领养的女孩。女孩都已长成大姑娘了。不过只看到顶替周师傅工作的小囡，不见大囡。说是大囡还在云南插队。周师傅说起大囡小囡，有一肚皮话：哎，小姑娘大了，难弄啊。我算得一碗水端平了，伊拉两个人还是不满意。大囡到那种地方去插队，又不是我的责任，大家响应号召要到农村去，我也不舍得让她去的，晓得云南苦的，有啥办法呢。她好像觉得小囡是我带来的，偏心。小囡也不懂事，顶替进厂了，做做么蛮好呀，还是不称心，嫌做生活苦。

周师傅有个妹妹住在市区，来过104弄，五十多岁吧，小小巧巧的，盘着髻，像那种黑白照片里的闺秀似的，见人点头微笑，不多言语，有点矜持。上海妹妹走了，周师傅跟邻居们会感叹几句，叹一叹自己的命运。叹一叹也就算了，日子总归一天天过下去。

一天，一个高个年轻女人带着同样高个的男人来了。女人方圆脸，短发，杏仁眼，讲话声音很响。那个男人坐了一会儿却离开了。是大囡从云南回来了。大囡草草地与邻居们打了个招呼，就钻进房间难得出来了。争吵声还是压不住地从厨房窗户里窜出来，好像大囡想回城，可是办不成。她和那个男人已经结了婚，这次回来才告诉父母，老夫妻俩不免有些气恼。大囡住了没几天，就走了。让伊去，这个大囡就是这样自说自话的。周师傅不说，邻居们也不好多问。大囡是住到男方家里去了。

领来的到底不亲。私下里，周师傅满怀的遗憾。

常师傅脾气好，平时也是都听周师傅的，大囡回来作了一阵，让周师傅不开心。大囡一走，周师傅数落老头子，常师傅不响，让她唠叨。“这个老头子，真拿他没有办法。算了算了。”周师傅不好意思地笑了，镶过的牙齿闪过一波银光。

阿芳姆妈跟周师傅越走越近了，一歇送馄饨一歇送水果的，进了202，俩人就到里屋嘀咕。原来周师傅为在市区的外甥女和阿芳姆妈操碎心的儿子牵了红线。静岚看到过周师傅的外甥女，倒没有和她小巧的妈妈一起来，是自己到嘉定来的。按照彼时好看的标准，大眼睛，高挑，皮肤好，穿阴士蓝布的中式罩衫，深色西裤，黑皮鞋，戴根白的自家织的羊毛围巾，桂花针，那时好多姑娘都织这款围巾的，朴素里掩不住清秀，阿芳姆妈满意的，脸上藏不住地笑嘻嘻。儿子也似乎懂事不少，不怎么作了，上班，谈恋爱，准备结婚，是一个良家青年的模样。本身阿芳姆妈的大儿子卖相不错的，实在封闭时代里缝隙太少，正是皮肤弹性好身体机能旺盛的一代年轻人没有地方可以挥洒精力，插队、回城、工矿、街道工厂，看个电影也要兴奋一阵，卖相好也就是谈恋爱有点优势吧，哪里会想到几十年以后卖相这么吃香，本身就是生产力啊。

话说周师傅跟阿芳姆妈热乎得不得了那阵，跟其他邻居就淡了，隔着厨房间窗户跟外婆招呼的辰光是少多了，静岚看到周师傅还是礼貌地招呼她，她稍微笑一笑，就是应付一下小孩子的意思。

和外婆一起包汤团（学做家务图·韩王荣　画）

阿芳姆妈儿子结婚这一天，二楼四家人家都出动了。周师傅和阿芳姆妈当然最最激动。玫姆妈的家里一间房间专门腾出来做点心，静岚家的方凳子圆台面自然都借给阿芳姆妈家用。那天做的点心是宁波汤团，芝麻炒好碾细拌好白糖，糯米粉老早备好，板油一大碗，不是先搓小圆子里放芝麻馅的做法，是将芝麻搓成小团子，裹一片板油，再在糯米粉里滚一滚，玫姆妈讲这个是正宗宁波汤圆的做法，静岚也帮着一起做，从小就跟外婆学会做汤团馄饨的，搓搓小圆子不在话下的。静岚手巧哦，大拇指往外翘呢，将来做起生活肯定来事哦，阿芳姆妈今天自然特别高兴，随口猛夸，到底初中生，经不起夸，心里甜蜜蜜，静岚只有手更加巧更加快地做宁波汤团。外婆在外屋帮阿芳姆妈煮水潽蛋，招待市区来的送亲团，嘉定本地规矩，送亲或接亲，水潽蛋是肯定要给陪客们吃的，有的人家还会添鱼圆，两只鱼圆两只水潽蛋，是喜宴的前戏。

这一天闹猛后四家人家彼此间好像再也没有这么闹猛过了。

一块一块小布头拼起凳套

闹猛的日子总是短暂的，一天两天，平常的日子多数总归是平常，缓慢，像练祁河的水慢慢淌，一点点过，等过去了，连起来一看，哦哟，辰光过得这么快啊。可是，毕竟小孩子在长大，日子也在变化着。这种感觉蛮像用一块块饼干似的布块拼出来的凳套子，边角边料的碎布头，挖领窝的多余，裁下摆的多余，剪裤脚的多余，做假领头的多余。形状种种：三角的，方圆的，四边的，五角六角的……随意剪下扔在针线盒一角，可是仔细剪成一律的尺寸，缝纫起来，一块一块的，就缀成了完整的织物。

一楼无锡伯伯在装无线电，做落地音响，各种零件摊在写字台上，老花眼镜下无锡伯伯握着电烙铁目不转睛；静岚家里呢，正在做凳套。凳子是静岚父亲自家做的靠背椅子，凳面是软的，加了海绵的，比硬板凳坐起来舒服多了，包了人造革的，母亲觉得应该保护兼美化凳子，得做凳面套和靠背套，但是布票紧张，钱当然也需精打细算，整块布裁剪做凳套是不可行的，于是决定废物利用，用碎布头，实现美丽计划。

除了自家角角落落寻出来的，周师傅家的、阿芳姆妈的、玫姆妈的，还有楼下朱家姆妈的、邻居阿婆的，都汇集在一起，原本的多余，等着华丽转身。女人和男人一起合作，男人将这些多余剪成三寸许的正方形，女人一旁踩着“蝴蝶”缝纫机正反包缝地将之拼接。那些夜晚，静岚觉得家里安静而温暖，父亲不出门找牌搭子了，专心剪布片，平衡不同色调的碎布，母亲备课之余，专注踩缝纫机，此刻似乎也不那么为日常生活的收支焦虑了，神情温柔，宛然维米尔1669年画的《编蕾丝的女子》。当然，那个专心编蕾丝的女人是17世纪的荷兰闺秀，金黄上衣，白色花边领子，笼罩在光的晕泽里，亮而轻盈。眼前的女人需要承担职业和家务的双重责任。一儿一女的生活学习，老母的赡养，工作的成绩，只是女人安之若素地接纳着生活的所有。专注于一个拼接，然后滚边，饰波浪状围边。四个座面，四个靠背，需要几个晚上的全神贯注。缝纫机“嚓嚓嚓”细密的声音在夜的房间里清晰闪亮，间或咯的一声，是女人换底线的声音，或者咣的一记，是男人帮女人拆开面板检查哪里被卡住了。静岚和弟弟做完功课，也帮着剪布块，不怎么说话，默契和安然隐秘地流动。没有吵嘴，没有皱眉，没有不安的脸色，日常生活的碎片似乎也在缝纫机的嚓嚓声中聚拢、弥合。

碎布做成了“百衲”凳套，和靠背椅全然妥帖，全家人纷纷在凳子上坐一坐。静岚隐隐地希望这样的时刻能够停留成日子里的永久，可是她也明白不会的，虽然她还没读什么哲学书，可是阅读生活本身也是哲学，缝缀生活不是片段所能担当的。“百衲”之后，凳套会漂亮一阵，但一天天旧下去的命运无法逆转。生活的碎片一如既往，难以轻易拼贴。

可是，专注的气氛令静岚想念。

无锡伯伯做落地音响的日子里，好像家里也都是很安静的，两个又长又大的长脚儿子也都围着一起忙乎，也听不见无锡阿婆不满意儿子的声音传上来。

凳套做好了。还要做灯罩，落地台灯的灯罩。落地灯父亲已经做好，圆灯座和金属灯柱是请厂里朋友车的，电线灯头各就各位，就差个点睛的灯罩了。看看西大街五金店里的灯罩，要么没合适的，要么价格不划算，何不自己做呢。静岚觉得这个阶段父亲的手工兴致颇高，本来手也巧，手作后又有成就感，父亲很享受这种感觉，虽然嘴巴上是不说的。不开心的脸色似乎也少了不少。做一个好看的灯罩牵念了人心，屋子里的氛围似乎也因了灯罩而晕染了暖色。

灯罩的原料来自县医院里废弃的X光片子，尺寸大大小小的，黑乎乎的，灯光下一照，上面一根根骨头影影绰绰着，让人想起自己身体里的某个部位。不过，在成就一个灯罩的鼓舞下，这些部位都被静岚和母亲艰难地洗掉了，片子由黑变成了半透明状，然后在父亲手里剪了细长条，两张两张对合，中间加一片贴着花纹的白纸，一瓣一瓣地依次缝好折成喇叭圆形，顶部用金属丝做成灯头架，灯罩的工程基本完成，X光片微微的淡蓝从灯光里渲染出来，夹层的花卉纹样看上去温顺乖巧的模样。

好了，沙发做好了，茶几做好了，凳套做好了，灯罩也温暖地照着夜晚的屋子，虽然不如商店所售的乔其纱灯罩柔美，稍稍有点点硬气，可是糅合了人心的暖意。

静岚喜欢这些手工制作的时光，大人小孩的心思都集中在家里的这件事上，有共同的目标，不再为其他琐事分心，不那么亮堂的电灯泡投下的光晕，好像带来时间的暂停，暂停里，时间又那么温柔地抚摸着，光晕给了静岚深刻的印象，藏在心里，成为一团意象。可是，日子总在往前走，人和人在一起的日子，口角、争吵好像是日子上的一个个扣子，扣子有的紧，有的松，皆须心力解之。时间的停留总是短暂的。

短暂的停留也是停留。

短暂在那个时间倒不短暂，反而会觉得时间过得慢啊。

踏咸菜时，静岚的感觉就是这样。8 支光灯下，一大缸咸菜哪能还没踏好啦。脚底心是老早发热了，一开始还穿着套鞋踏，后来干脆赤脚了，刚踩下去，碰到洒了盐的青菜，还有点凉和硌，慢慢的，双足与青菜盐水似乎就该如此的浑然天成。青菜慢慢出水，塌下去；再码一层，再踏，节奏均匀的脚踏，是有了自身的节奏了，青菜们在这种节奏中是否得到完美的按摩？不晓得，只见到它们低伏了，完成它们从青菜转身咸菜的使命，现在还是第一步，还要在发酵中静默等待，等待一棵清口咸鲜的咸菜的诞生。静岚和母亲轮流踏着，裸露的双足和青菜大概也在发生着只有此刻当下的反应，不是一见钟情，也不是自由恋爱，像是不得不为之的相亲，但相着相着竟也默契起来。昏暗的灯光下，在厨房一角踏咸菜的场景是静岚难忘的，踩下去第一脚的阴和凉，到渐渐的脚底生热，再到浑身几乎出汗，一缸咸菜踏好，好像一夜之间从冬天重回夏天。

这一晚，运动着的缓慢，缓慢中的迅疾。晕光里一个冬天的辅助食材得以期待。当一周半月之后，从粗陶缸里掏出几棵汁水淋漓的咸菜，已经从水绿色转而为黑绿色，这种颜色已经自动设置为咸菜色，虽然不怎么鲜

踏咸菜（韩王荣　画）

亮，却是踩踏着的双足和青菜和盐的最好的日子成像，咸菜炒毛豆，咸菜豆瓣汤，咸菜胡萝卜丝，咸菜刀削面……似乎不太符合现代营养学的咸菜，是蔬菜乏缺日子里的补充，却也是独特的风味食材。在西大街的日子，踏咸菜几乎是每个冬天里的标配。成年后的静岚看到西方电影里人们赤足踩葡萄以酿葡萄酒的场景，秒回201室时踏咸菜之感，东西方如此呼应啊，赤足，同样的赤足，无论青菜还是葡萄，或许只有裸见，才能酿成佳作。

踏咸菜的辛劳却也给静岚带来快乐，共同的劳作中家人之间彼此更加亲密，日常的琐碎得以消弭，好像8支光的光线柔和了周遭，纯粹在女性之间的家务操持，好像是更容易齐心协力的，有时候静岚觉得只是沉浸于双足的嚓嚓的踩踏中，这样的时刻倘若一直下去，倒反而是好的。母亲也不必思虑收支如何平衡，一百元不到的家庭月收入如何应对开门七件事，兼及人情往来，这个表妹要结婚送什么，那个外甥成家包多少红包，两个家族的事务倘若照顾不平衡，家庭之间可能又会产生冲

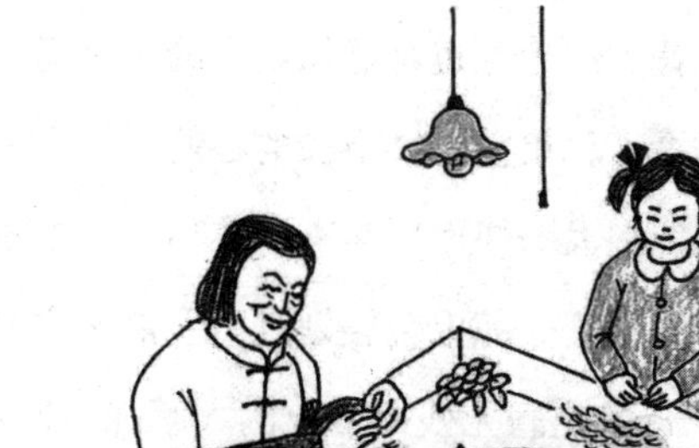

剥大蒜（韩王荣　画）

突，这个时刻只要踏好咸菜，青菜的汁液渗出来，不那么牛奶般乳化，也不似清水般清澈，一点点浑浊，却也仍然轻盈着。

一家人剥大蒜时的感觉也是静岚欢喜的。此刻只有期待八仙桌上一堆大蒜慢慢地矮下去的心情。手里是安静地忙个不停的。剥大蒜快而准是有些技巧的，先掰开整头大蒜，小刀在每瓣大蒜上轻轻划过，手指捏住稍稍用力两边一挤，一粒光润无残留蒜衣的大蒜如是眼前。一粒又一粒，右手边是剥好的，左手边堆起大蒜皮。一两个小时间，堆在八仙桌中间的大蒜由小山包而平川了，胜利在望，一家人都长出一口气，热水瓶拿过来，搪瓷杯子里加点热开水，喝上两口，觉得白开水也甜津津的了，手里赶紧做完剩下来的活，方才手臂伸直，大大地伸个懒腰。

其实静岚和外婆白天已经剥好蛮多大蒜头了，再剥几天，外婆就可以去居委会交掉了，有新活呢，再领点来；没有呢，也无妨。嘉定的大蒜是有名的，那些年里是出口产品，居民们闲来做点粗加工，自然也得些手工钱。虽是不多，外婆蛮开心的，她总觉得自己不挣工资，吃闲饭，剥大蒜赚点碎银两，像是日子里的额外。静岚也分到一些，额外的，就特别欢喜似的，到布店买了一块线呢浅蓝灰的格子布，一块白底小点的棉布，格子布给自己做了一件拉链两用衫，点子布给母亲做件短袖衬衫。拉链衫简洁明快，考上大学后的某一天，穿着这件拉链衫，和高中同学燕回到嘉一中，一起在校门口拍了一张照片。

专注在手工劳作中，呼吸平静，家人间气息平静，偶然说几句闲话，笑一笑，喝口水，静岚喜欢这样的氛围，好像劳作中有一种气息被抟成，注入身体，它不再只是劳作，就像有一年外婆做的那只八宝鸭，上桌开盖的那一瞬间，八宝鸭的香气缭绕在室内，所有人都皴上一层柔和的色彩，而同样的人，同样的室内，却常常彼此龃龉冲突，却又因血脉而不得不依然一个屋檐。

那只八宝鸭在回想中的静岚看来像某种仪式，西大街日子里最丰富的蕴结，家人间彼此纠缠的象征。当然，在它上桌的那时，不过是一只过年的菜肴，当然，无愧餐桌的压轴大戏，之前之后，几乎无法复制。

也只有过年才能买到冰冻的鸭子，所以需要严肃认真地对待一只鸭子，一般都做成酱鸭，可是有一年春节要请亲戚来西大街吃年夜饭，外婆决定隆重推出她的看家活：八宝鸭。八宝鸭的准备不仅仅是一只鸭子，鸭肚“内容”得早早备货——糯米、栗子、百果、核桃、花生、火腿，或者葡萄干，八宝当然只是一个“多”的比喻，少一样多一件无妨的。烹饪的过程好比一场大戏——序幕：将鸭开膛剖肚，洗净，然后往里填准备就绪的“八宝内容”，鸭肚子一下饱满丰腴起来，让人憧憬即将到来的美味高潮。第二幕：静岚见外婆用细细的棉线缝紧鸭肚，然后，置锅，隔水蒸。其时尚无煤气，用煤饼灶。中间还得去掏煤球灰，控制火势。第三幕：蒸好了，不表示大功告成，还得入草焐子焐一阵。做，蒸，焐，这么着，才算幕终。

八宝鸭的香气渐渐在家里弥漫，它是一种鸭子和干果糯米融合起来的香，是无法一一分辨，但又知道各自的气息，就好像充满了植物、鱼和泥土的河塘，融合了

平常存一點存一點的，外婆總
能從這个綠色米茶壶桶里掏
出一把赤豆小袋花生米几只桂圆
到辰光给家人惊喜
静写
丙申
一只茶壶桶（龚静　作）

春风秋雨的那种缠绵。闻着这种气息，期待压轴大戏上演的渴望随着天色暗下来暗下来就浓一些浓一些，大人小孩一样的心情，只不过大人喜上眉梢不做声，小孩喜形于色恨不得去掀锅子。想象着剪断鸭肚子上棉线时的瞬间那蓬勃而出的情景，想着第一口八宝鸭的味道到底怎么样。

亲戚们都来了，静岚的姑妈一家五人，两家人团团坐好，正好一张圆台面。外婆和母亲不断在厨房和桌子间移动。冷盘，热炒，前半程差不多了，八宝鸭是时候上桌了，隆重“剪彩”，亲戚们隆重地各自吃第一口，然后隆重地称道。201室里缭绕着厚实的气息，食物和亲人间的。这一只八宝鸭，像是一年日子的总结，吃一口，哈口气，得小心翼翼地呵护着。其实八宝鸭的滋味也就是甜咸可口，鲜香恰当吧，但有了期待和想象，有了如此的层层铺陈，平常就有了不平常。

外婆的八宝鸭是难得一做的，一样是冬天的吃食，有一件却是在西大街的每个冬天都要做的：酒酿。糯米小圆子添了一勺酒酿，味道立时别致起来，酒香微甜，圆子软糯，家常吃食也铺陈出余韵来。冬日寒冷，来上这么一碗，倘若圆子还是芝麻馅的，或再打个鸡蛋，身子暖了是自然的，简陋的日子竟也有几分润泽微醺。

到底什么时候开始做酒酿了，定规是楼下水杉的叶子片片转黄飘落时节。酒曲呢，有时外婆自己去弄堂口那家食品店买，有时打发静岚去，家里外婆已经备好了糯米，洗净蒸熟，置于砂锅内，半温半凉的温度，经验丰富的外婆不必以手试温，鼻子一嗅就能体贴冷暖了。放入玫红纸包着的那一小方酒曲，融了，和糯米一起纠缠，酿成一钵酸甜的醺。

秋冬的气温比较低，虽然砂锅外已经裹了小棉褥子，酒酿的发酵可马虎不得，静岚觉得老法师的外婆也不免担忧，到了第二天必要去翻看一下，下蹲，俯身，手伸进黑黢黢的床底，缓缓地抱出砂锅，打开小棉被，粗陶的釉色在突然的光线下眨出幽光，还好还好，盖子打开，甜香不可遮挡地冒出来，中间的小孔湿濡濡的，浸满汁水，米粒匀细，不空不生，整个砂锅内匀现清白润醇和薄薄酒意。静岚看到外婆的皱纹舒展开来，这锅酒酿定是成了。慢慢地等几天吧，很快就可以吃上酒酿圆子，酒酿年糕，酒酿水潽蛋，当然酒酿水潽蛋是留待过年的；还有酒酿蒸鱼，更是香醇清朗若江南的朗朗之秋。静岚记得有次跟外婆回棕坊桥老宅，先是敞了老屋的窗，不急着生火烧饭，锁了门去隔壁村子走亲戚。亲戚是外婆的寄娘，老人脸庞圆润，身体健朗，一边与外婆拉家常，一边在大灶头边忙乎，酒酿蒸鱼正要出锅呢，未掀锅盖，已酒香鱼香满室，麦秸柴的干香也缠绕其上，未至上桌，已酿醇一室。

酒酿热吃自然是好的，不过就这么在砂锅里舀一勺空口吃下，实在单纯完全，冷而甜，在口腔里温着，慢慢咽下，比什么冰激凌不强呢，4 角 4 分的白雪冰激凌是只有夏天才能偶尔吃到的，买一块一家人吃，一般买个半块，盛在俩小碗里，和弟弟分而食之。酒酿的味道比冰激凌另有高妙，冰激凌不过且甜腻且奶油味罢了，酒酿却有鲜糯酒香，鲜得比较悠长，也不会像冰激凌吃到最后其实是略略生腻的，不过是没有冰箱的年代里冰激凌自然分外金贵似的，从捂着大棉被的整天轰隆隆的大冰箱里取出来，隆重得很。酒酿则显得太朴素了，土头土脸的，制作食材易得，只是手艺和巧心吧，好像外婆这样有手艺是自自然然，哪里值当夸炫。外婆的酒酿也总是藏在床底下，悄悄地做，悄悄地酿，让人在一个阴冷的冬天里悄悄地生出点微微的香和暖。

静岚喜欢看着外婆这样悄悄地就做成了美食，手势和心念妥妥帖帖的，她自己也常常调制家里的汤团馄饨馅料，酱油、盐、食油、味精的比例，咸淡的味道，全凭了感觉和手势，最后以嗅觉一锤定音，竟是屡试不爽，手艺的快感就在这定乾坤的俯首轻嗅之中了。在西大街，静岚从小学三四年级开始就帮着家务，劳作是累的，但年少的静岚总会模糊地感觉到一些东西，劳作时，心跟着身体的劳作会产生某种沉浸，心也会在身体的劳作之外飘渺，操持日子，就是这么日复一日，一季一季，饮食大事和季节对应，琐碎，必须，她想长大后也该这么做么，外婆就不厌倦么，逃得掉吗？只是，劳作又是每天每季自然而然地继续着的，女孩子帮助做家务似乎又是天经地义的，但家务之同时又赋予了学习名列前茅的期待，幸好，静岚在劳作中倒不觉烦躁，做饭、洗衣、做点心，懂得季节和食材的关系，懂得食材的料理、口味，不必学习班式的学习，和外婆在一起做家务，就自然地懂得了。

几十年后，静岚耳边常常听得人说“工匠精神”，很自然就想起了外婆，外婆做什么都仔细精心的，不就是这精神嘛。外婆不懂什么精神云云，她一定会说做事体么，定规这样的，应当应分。

离开西大街后，外婆做八宝鸭的心力仿佛消失了，食材有了，她也不再提起。就连酒酿也不怎么做了，人老了，那样的操心也实在累心的。何况，什么不能买到呢，酒酿是也，各种做法的鸭子亦是也，酱鸭烤鸭盐水鸭都是随常，可是滋味好像就是无法如一，静岚的记忆中没有第二只八宝鸭。八宝鸭真的成了隐喻，隐喻所有的，都是因缘际会，无法复制。

水杉晒场

黄梅天要来了，大人小人都觉得雾数哹，讲热么也不好算热，就是身上黏嗒嗒的，空气里也湿嗒嗒，绞一绞能出水的，楼前的泥地泛起一层湿气，那三棵水杉倒是水青水青的，场地上是不能晒衣服的了，上午撑好了竹竿，下午就得手忙脚乱地收进来，惹得头发湿濡濡的人只想冒火。江南的夏天就是这样不爽直的，它要有一点小曲折，仿佛石板小径那样拐个弯，才见着了黑漆大门。当炎日兜头罩下来时，夏天才算与人们交换热心热肺，认同了。

梅雨前，静岚晓得礼拜天要跟外婆一起去西下塘街的米店买面粉了。从项泾西街走，转到西大街，过了香花桥，就是西下塘街，走几十米，进弄堂，弄堂笃底就是米店，大大的漏斗阁楼上伸下来，有两根管道通向木制柜台，朝外两个口子，一只买粳米，一只籼米，布袋袋候好，店员开关一开，哗啦一记，刹那间米就充满袋子，手脚要利索，否则在速度的冲击下，米容易洒在袋子外。面粉是店员拿只木头勺子勺的，磅秤上过一过，里外匀一匀，不必像籴米一样有点小紧张。西大街周边基本上就这家米店，一般上中旬时会排队，发工资的时候啊，拿了工资，米面油盐酱醋先备好，省得月底米缸见底。外婆买的是颜色略深的标准面粉，准备做酱。酱做好，就开始每年一夏的腌酱瓜工程。

面粉和了水和盐做成一块块面饼，贴在竹制扁箩里，拿出去晒。檐下滴雨，就收了竹箩将面饼阴在那张老式抽屉桌上，一面稍稍干了，翻过来，竹箩上圈着一个个淡淡水印子，继续晒，好像每天和潮湿躲猫猫。

梅雨渐渐收干了天空，面饼呢，也发酵了，长出霉斑，毛乎乎的白绒，静岚看看心里有点发毛，到了外婆手里像在摆弄奶油蛋糕，她心满意足地将面饼切碎了，浸在一个酱油色粗陶缸里，面饼浮在酱油、盐、糖、味精等等融合起来的液体上，随着外婆的筷子沉浮，慢慢收拾起鼓胀的身子沉落下去。这个缸子在太阳闪亮的日子里就成了外婆的“重磅宝贝”，端着它下楼晒在场地

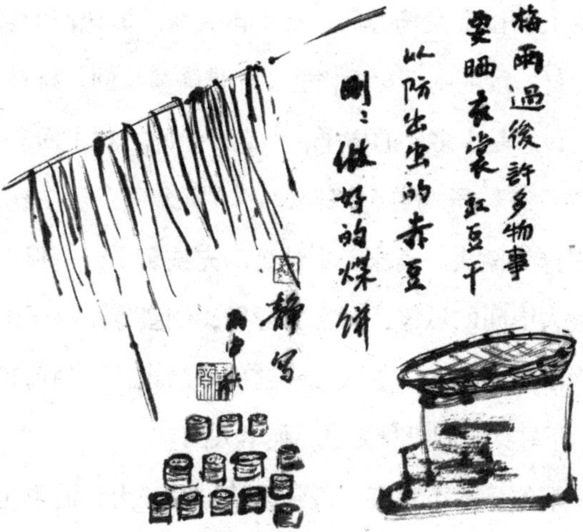

晒（龚静　作）

上，夕阳里捧着它上楼。渐渐，里面起了稠，发了泡，筷子一挑，粘连成丝了。外婆对静岚说，妹妹啊，阿跟我一道去买黄瓜？

考好试，放假了，有辰光。静岚和外婆早早地吃了午饭，就去护国寺菜场排队，等午市开张。本地产的黄瓜，小身材，带毛刺，卖相普通，却是腌酱瓜的好材料。买一竹篮，总是十多斤的样子，一老一少左右提了回家。提了重物，布鞋子搁着台硌路，疼。换个手，歇一歇，掏出手绢抹抹额头。到家，不忙坐，先洗黄瓜，一根根剖了，刮去中间的瓜镶，码在竹匾里，倒蛮像小孩子画的那种太阳边的光芒。等太阳将这些"绿光芒"晒蔫起了皱纹，正好让它们投身酱缸，换个人间。

接下来的日子仿佛有点漫长，黄瓜在一天天的阳光里与酱亲密交融，情投意合，乃至难分难舍，不分彼此。太阳出来，静岚帮着外婆赶紧托起酱缸下楼晒。外婆老早在楼下朱家姆妈平房前的场地放好矮凳了；小雨了，下楼拿只斗笠盖上；落大雨，赶紧搬上来。天天上上下下。天天观察面酱和黄瓜的变化。当面酱渗透了黄瓜，黄瓜从青绿变身成酱色，差不多火候到了。外婆点了筷子尝味，朱家姆妈也抿了抿，点点头。从梅雨开始的劳作终于收获了。早已净了身的一溜玻璃广口瓶排在灶台上，将腌了一夏的酱瓜收藏。

静岚拿着绷架绣花线去楼梯口和萍姐姐们一起绣花去了，外婆则耐心地在每个广口瓶的瓶盖和身体夹紧牛皮纸，生怕一夏的阳光溜走，酱瓜走了味。酱瓜瓶都排在了床底下。诸事停当，她像个小作坊主似的，专门匀出一些，切成小段小片的，盛在饭碗里，分送阿芳姆妈周师傅玫姆妈们尝鲜，随口喃喃：过过泡饭，过过泡饭。晓得不是啥宝贝，但也是自己做的家常美味，而且从未失手过，外婆心里其实是美滋滋的。

早晨酱瓜过白粥，酱瓜炒毛豆过泡饭，夏天的晚饭这样吃最是爽口。酱瓜切碎了夹在淡馒头里，馒头的面香和酱瓜的咸鲜参差，别样爽口，配合豆浆当更完美。豆浆倒是便宜，项泾桥边上的那家饮食店早晨供应大饼油条粢饭糕海棠糕，豆浆是一定有的。店里的师傅老清老早就起来熬豆浆了，新鲜熬制的豆浆，在一个直径几乎有一米的大铁锅内沸腾着，铁锅坐在柴烧的大灶头上，西大街上的居民都来这里排队拷豆浆，一碗 2 分钱，碗大碗小，师傅也不介意，那种大口搪瓷杯子最是容量大，还方便手持。一旁的师傅炸着油条，3 分一根，静岚一般在父亲发工资的第二天来这里买一次油条，十根，每人两根，外婆总会省下一根，剪碎了，添了葱花和酱油，中午做酱油汤喝，日子就是这样节省仔细地过着。床底下一排的广口瓶酱瓜，当然也要慢慢吃，总要吃到翌年的春天，一截落空的日子，正是乍暖还寒时分。不过，春天来了，梅雨季又要来了，去夏留的面酱，就成了老料，等着在雾数的江南之春里发酵的新酱，交融起来腌制夏天。

过日子，是很多东西都要晒的，食物要晒，衣物要晒，水杉下的泥地就是一个晒场，容纳日子里的所有。

太阳出来的日子，楼里的，平房里的，大家都变着法子拓展这块有限的空间，上下左右错落层叠，就差在水杉梢头披挂上阵了。靠着墙根的，矗着几双布底鸭舌

敲煤饼（韩王荣　画）

鞋，黑直贡呢的，灯芯绒的，鞋跟坠满整双鞋子的水分，一滴一滴地淌出一条水痕，几乎要滚到小道上。紧跟着鞋子的，是刚下家用煤饼机的煤饼，北方人称蜂窝煤，12孔小眼，火钳夹起时需要屏住气对准煤球炉里的铁柱子，否则通不了火。这个时候呢，它们其实是外强中干的，软软的虚弱着，一碰立马瘫倒委地，要靠了阳光来紧肤强钙。静岚有时也逞强，从父亲手里接过煤饼机，装满煤屑，铆足了劲，将上面的压制机压下去，夯实夯紧，然后拿开压制机，翻出煤饼，用刷子刷净表面浮屑，煤饼闪着黑精精的光，光润匀称。其实，静岚这时的胸口和手臂隐隐作痛着，毕竟这是重体力活，可是女孩子的心里其实也有些欢喜，幼细的胳膊简直也能做出煤饼，当然，当成年后的静岚回想起这些，是略略心疼的，明明不是少女能做的，却要逞强，还做了一次又一次的。人还是尽力而为就好了。可是，当时的静岚怎么会这样想呢，生命向外敞开着，也渴望表现生命的敞开。做完煤饼，她喜欢仔细地把煤饼排成一个平行四边形，看着它们列阵晒场，略略生出清简的气势来。

墙脚是可以靠很多东西的，鞋子、煤饼，还有马桶和马桶刷子们，也不需要避什么嫌的，阳光一样钻进去留香。

要晒的重头戏自然是衣服和被子，大家都心照不宣地平均分配着晒场。这边一家支起两座自制的竹子三脚架，搭一根竹竿。那儿竹子绑在了水杉树间，飘些轻装上阵的衣服。前面小小的水泥台上，搁着两竹匾自制的萝卜干。而右前方呢，则固定穿插着竹竿和木头架子，晒着些季节里的逗号：雪里蕻，豇豆干，酱菜缸子，鲜香菇，这些逗号点的不是用力的句子，却连缀起日子里的念想，是精打细算地浮在日子里的暗香。太阳热辣的夏日，平常的衣物自觉侧身，把大片地方让给箱柜们晒霉。毛衣毛裤、棉袄大衣、压箱底的布匹被面，昔时做新娘新郎穿的锦缎短袄，甚至已经少年了的儿子女儿的小裙子小围兜，留着见证似的，好像要把经年历月的斑点霉气一股脑儿都晒了，年年如此，似乎家家户户都是阳光收藏家，虚无渗入实在，附身纤维肌理。这些衣服重新上身，或者继续沉睡，年年焕然，却也拥有层层叠加的气味。

晒霉的时节一般都暑假了，静岚当然帮着母亲外婆一起晒，毛衣棉袄之外，那几匹压箱底的老布是断断不会忘的。外婆拿出那根长长的黄铜钥匙，打开平时难得打开的老式箱子的铜锁，摸索着，将两匹老布拖到箱沿。那是外婆年轻时手织的。90 厘米左右的窄幅，深蓝底子，红黄绿白的条纹，自己染的色，颜色参差，不稳定，色度似乎也亮了些，与时兴的毛涤纤维一比，似乎有点土气了，不过，又似乎很是压得住。纺纱、捻线到染色织布，全程手工匠心，陪着人过日子。静岚记得小学时母亲去“五七干校”下乡劳动回来，穿的是老布衬衫，割稻插秧，吸汗。“的确良”，大太阳底下，要焐出痱子的。后来母亲的一件方圆领的格子老布两用衫改小了给静岚穿，米灰底上蓝格子，清清爽爽的。还穿过靛蓝条纹老布做的裤子，还有一件红底蓝纹的罩衫。老布的手感自然是不如机织棉布，比较硬实，摸上去有点糙糙的，可是老布耐磨耐洗，久了，倒也渐渐柔软起来。

嘉定农村有个习俗，嫁女儿是一定会陪嫁老布的，缎子被面几条是放在床上让人看的，老布则压箱底，有的习惯垫在棕绷床板上，上面再铺陈棉被被单等，这铺床的老布纹样就比较讲究，凤凰牡丹之类的，祈福的意思了，有这样一床老布垫底，像是接下来的日子有了一个结结实实的开始。

晒了老布，还有的忙。酱缸之外，豇豆干，茄子干，都要晒啊。上午晒正面，下午翻反面，360 度全方面地晒。都是且菜肴且零食的吃食。茄子之前是腌过的，晒干之后，咸鲜里还有点甜，韧性有嚼劲，很适合暑热里爽口，有点像话梅呢。晒场的上午特别忙碌，女人们穿梭不息，搭好地方，摊好所有的晒物，不厚此薄彼。倘若雨后晴天，半干的泥地上现着一个个浅浅脚印，大小不同，虚实相异，仿佛杂乱细碎，却立场坚定方向明确。午后，软泥渐硬，不怎么分明的脚印又盖上一层，是女人们翻晒的身影，厚薄挪位，上下移动，里外翻转，太阳虽然自管自地走去，可也热力不减，说不定看着云层下面这些小人小物的，正提供了一个怜香惜玉的挥洒机会。翻晒的女人自然随口聊几句，眼光瞄几眼对方所晒——那件锦缎棉袄的式样不错，明年我也照样来一件；哦，她家有海虎绒大衣哪，心里不免涟漪荡开几许，晚上家里的那位就准备耳朵听唠叨吧。其实女人也是自己嘀咕给自己听的，似乎活着就得有些心劲的意思。不过这样的时候，女人们面上还是很怡恰的，顺手扶正人家的竹竿，搭个手帮个忙什么的是常事。有的女人翻着翻着，说笑起当年往事来。

年年地晒着，衣物、食物，各种，好像一年一年的日子就是这么自然而然地过下去，虽然手头紧巴巴，心头愁着柴米油盐学费人情往来，也许是潘多拉的盒子没有打开，也许是彼此间差异并不天壤，所以人心都还比较安然定心，觉得总可以这样慢慢过，好好过，孩子总归会长大，日子也总可以好点起来的。单位里发箱盐汽水是额外的欢喜，多了几块洋钿奖金就笑得蜜汁似，攀比是有的，只是也攀不到哪里去，不过就是暗暗地在小处较点心劲吧。

静岚年年帮着外婆母亲晒霉，呼吸着阳光的能量，呼吸着晒过的衣服被子流溢的松软的温热，呼吸着长着水杉的这片泥地在安静中逶迤连绵的味道，少女的她心里似乎总有些东西在晒霉的同时收藏了些什么，彼时是有意无意的，模糊的，却也是点点滴滴的，似乎也压在了箱底，比老布的肌理柔软些，肌理倒是仿佛，经纬却分明朦胧，也许得在很多年以后才能了然。

十几年以后静岚曾经两三次重新走进这方空地，水杉倒是茂盛着，可是这块如此生机的泥地却如此狭窄，甚或逼仄，化粪池是封闭了的，晒鞋晒煤饼的墙根变成了小房子的墙壁，可以摊开煤屑做媒饼，可以请走街串弄的篾匠架起木架来修棕绷藤绷的地方，都变成了搭建的小屋空间，三两女人坐着聊天，间或一人提着痰盂罐出来，一只炉子孤零零地立在空地和楼房的边缘，在树和树之间，静岚恍惚看见一个小姑娘一个人在跳橡皮筋，皮筋越绑越高，挑战着腿和脚趾的跳跃感灵敏度，倏忽间脚尖一个穿越，外侧的橡皮筋就勾到了内侧，再一个勾角，反向而行，速度和敏锐，缺一不可，小姑娘像是在进行一种仪式，一种自我认同的形式，那是静岚自己，她看着这个幻化的身影，身影里跳动着好胜和不服输的劲，她深呼吸，深呼吸，不是遇见，也不是告别，它存在过，存在着。

听到四个姑娘玩沙包的声音，追逐、欢笑、你胜我负，彼此的不甘心，那是静岚、小峰姐姐，还有玉同学，就是豆腐大妈的女儿，还有后面公房楼里的同学，沙包是阿芳姆妈用碎花布缝制的，裹了黄豆的，掂在手里沉甸甸呢，若是被扔中，也是有点分量的，好在冬天才是疯玩沙包的季节，扔的人要稳准狠，逃的人当然得灵敏灵活，窜来逃去的，皮肤舒展了，汗毛舒展了，掌灯时分，晚饭了，依依不舍地告一段落，呼哧呼哧地上楼，脸色通红。

也是这些姑娘们，也在这块泥地上，礼拜天，粉笔划出大小格子，玩起了跳房子，随便在地上挖片小碎砖，单脚起跳，津津有味的跳房子游戏可以跳上大半天的。蓦地，一声“鸡肫皮，甲鱼壳，有哦？”走过来一个低矮个的老头，颔首，躬身，腰直不起来的样子。声音有点闷，往下沉的感觉，老头虽然躬身而行，但步幅不小，一转身就进了其他弄堂，好像他知道收获不会太多，叫一叫就是一个表明身份的意思。鸡是几乎只有在过年才可以配给的，还是冻的。即使养只把鸡，毕竟不比农村，不方便。甲鱼倒还有得卖，是村人从乡下河渠里捉来的，也似乎不怎么贵，比鸡却是便宜的。虽然资源稀缺，一旦逢着，人们就小心洗净那个小小的鸡肫，晒干，存着，等着哪一天有人来收。跳房子的底楼姑娘听到老头的声音，赶紧双脚并拢奔回家，家里窗台上的鸡肫皮晒了好久啦，正好卖给老头打打牙祭。老头已经走过去了，马上要进斜对过的新村了，听到姑娘的叫声，折回来，生意虽小，做一笔是一笔的。

水杉四季枯荣着，吸收了在泥地上所有的经过，所有的气味，太阳的香，粪池的臭，梅雨的粘湿，纳凉的饭菜，夜灯下钻出水泥墙的壁虎，泼在地上的水汽，水泥台上的乒乓，扔沙包的笑声，跳橡皮筋的心劲，青苔爬上水泥外墙，钻出青砖缝，阿芳姆妈家的外墙上爬满了楼下平房里王家的丝瓜藤，好像凭空在路中间搭了个丝瓜拱形门，丝瓜伸手可摘，当然，邻居们没有人会去摘的，大家都懂得丝瓜虽然不算多，多少可以贴补点家里开销的。

暑热里，下午5点钟，平房里的方家爷叔下班回家，已经往门口的过道泼了几面盆冷水了，水泥地吱吱地吸饱了水，慢慢地阴下来，过道就在泥地边上，只不过一个高一个低，形成了错落，他搬出一张折叠小方桌，一家三口开始吃夜饭，咸菜毛豆，冬瓜咸肉汤（咸肉当然只有几片，吊吊鲜头的），拌黄瓜，米饭是粳米籼米各半的。吃好夜饭，又搬出新买的9吋黑白电视机，方方正正地坐在小方桌上，《小兵张嘎》开始了，正好纳凉的方圆邻居都挪了小板凳过来看，其实那么小的黑白屏幕能看清什么呢，不过就是一个看电视的意思，电视呀，新奇的么事，边上路灯下郭家兄弟和三楼一对兄弟的四国大战正酣，壁虎在墙上爬来爬去，大人说壁虎吃蚊子，不伤人的，勿要吓，四国大战的男孩们一心在棋子上，哪管什么壁虎，直到公共水龙头从哗啦啦水流不停，铅桶、搪瓷面盆、塑料桶、铝盆，统统不见了，到滴滴答

纳凉图（韩王荣　画）

答好似瞌睡来袭，男孩子们才呵欠止不住地打，草草收了棋子，胡乱叠好纸棋盘，塞进盒子了，一手提着板凳小桌，上楼睡觉去了。

静岚帮着母亲拿着蒲扇和毛线，拎着父亲做的折叠木凳，也上楼去了。暑假纳凉，晚上这点时间母亲也是手里不离生活的，秋冬的毛衣毛裤紧着织几件，上下针是烂熟于心的，不必眼睛盯着，就着弄堂口吹来的风，有一搭没一搭的闲聊，毛衣的后片也在寸寸高。静岚已经学会了一般的编织针法，帮着母亲织一截是没有问题的，织成一副半截指头的手套也是暑假功课之外的余绩，都是零头绒线，正好织横条纹，一条红，一条黑，再夹花一条米白色，倒也搭调的。纳凉时也正好绕洗好的绒线，拆了旧毛衣，拿只靠背椅子当绕线板，最后打结收口，洗净晾晒，搭根竹竿在两棵水杉间，酷热暴晒，上午拆洗，二三点钟下楼翻个身，傍晚就能干了。夜饭后乘风凉，静岚双手圈绒线，母亲绕，半卷过去，汗湿嗒嗒，脱下来，绢头擦擦手臂，继续。当然，也有散手纳凉的时候，无事蒲扇摇摇，听听闲话，吹吹夜风，喝口

绕绒线（韩王荣　画）

决明子茶，偶尔有赤豆棒冰吃，是特别窃喜的，一根棒冰慢慢吮，几乎要滴滴答答化了，才赶紧大口咬，冷而脆而甜，混杂几粒不舍得一口吃掉的最上面的赤豆，又添几分酥软。夜过起来很快。

豆腐大妈总比人家早回去睡觉，其实她下午午觉过了，出来跟乡邻们白话散心，骂几句女儿，成绩差，笨肚肠，早点出来做生活算了，小玉坐在她藤椅边的小矮凳上，不响，反正被骂惯了，让她骂，最多眼睛白一白算数，邻居们劝几句，豆腐大妈才不响了，脖子晃了晃，歪在藤椅靠背上，眯了会，张开眼，起来拉拉朝阳格方领衫，自言自语，一早还要起来呢，去困了，明朝会明朝会。顿一顿，别过身，不忘呵斥几句女儿：死货色，你也早点回屋里厢困觉，勠野在外头深更半夜，明朝早点起来煤炉生好，功课做好。小玉小声道：晓得了晓得了。等豆腐大妈推门进去了，烦煞了烦煞了，小玉嘟囔。

三、走过吊桥头

西大街朝东过了吊桥，就叫人民街了。其实，老早还是叫西大街的，直到州桥，才开始东大街，也不知道什么时候开始改名字的，反正在静岚记事时就是人民街了。做啥叫吊桥呢，吊起放下，通行阻隔两厢方便，原来这里有城墙，有城门，叫合浦门，吊桥下分外城河内城河，当然，静岚每次沿着西大街去城中都要经过的吊桥是不能吊起来放下去的了，就是一座普通的桥，要说有不普通处呢，也有，眼睛斜瞄瞄，可以看见附近有一截城墙，城墙贴隔壁有家复建制盒厂。当年嘉定城是四面皆城墙的，否则怎么有东门西门南门北门呢。

城墙在静岚小学时有还是有几截的，吊桥这里一截，南门那里也高耸着一段，北门也延展着残剩的土城墙，从嘉一中校门前过了北大街，沿田埂走，就可望到已经荒草蔓蔓的城墙在农田边上，东门的城墙具体如何静岚没见过，大致总是残山剩水吧。残山剩水也好，到底是见到城墙的，好像心里多了一些思古之幽情，到底嘉定和“上海”有些不一样的。

说到城墙，静岚想起高考前的一次模拟考试，考得不理想，午饭后呆坐教室里郁闷，语文老师何老师来了，微笑地说大家出去走走吧，不要老闷着啊。何老师这年四十五岁左右，知性优雅，不动声色地于细微处观察着学生们。几个女生跟着她一起走，何老师看看尚未离座的静岚，走吧，出去走走，吹吹野风。校门外，农田，田埂，北门的城墙就在不远处，风吹过来，从狭窄的教室到开阔的田野，禁不住要做扩胸运动，呵出一口长气，心里松了不少，静岚和回首的何老师相视一笑。城墙后来一截一截都不见了，除了吊桥头保留了一段，做成景

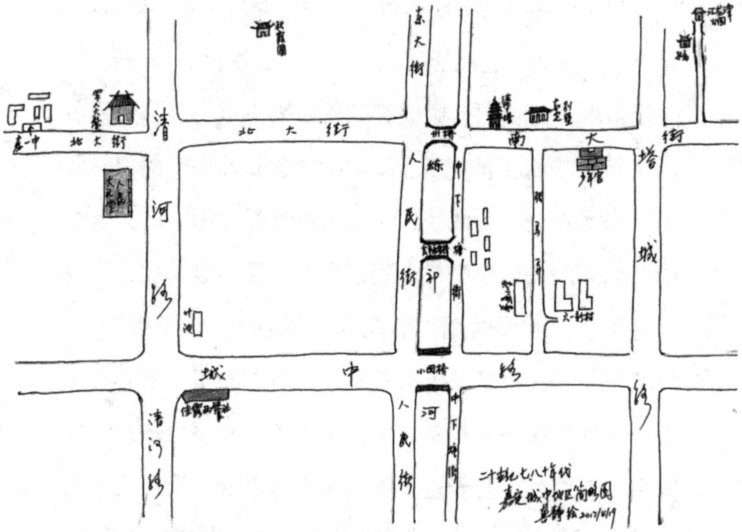

20世纪七八十年代嘉定城中地区简略图（龚静　绘）

观的意思。静岚庆幸看到了城墙，虽然残了，土堆了，也是时间那头来的城墙。

从104弄出来走到吊桥，一路上都是商店，百货店、布店、五金店、食品店、肉庄、邮局、饮食店、理发店，经常走的，静岚闭着眼睛都数得出来，每个月都要跟着母亲到食品店买油盐酱醋，414的毛巾买几条得用一阵的，固本肥皂一条两块，汏手汏衣裳都要用它的，备个两条总要的，扇牌肥皂金贵，买上两块要省着用，留着汏好一点的衣裳时用，不能每月都买的，黄草纸两刀，白草纸一刀，对了，干海带买上一卷，不贵，实惠，水发后炒炒豆腐干或榨菜又下饭又营养，外婆说的，对大脖子病有好处，营养这个词倒是不太讲的，反正吃东西都是遵守老传统，应和节气，逢熟吃熟。走到项泾桥了，白铁匠叮叮当当敲得认真，西大街上几乎每家人家家里的锅子水吊子漏底了，都到这里来换的，还有白铁簸箕，各种模具，白铁匠活计来不及做。过了隔壁老虎灶，一家水果店，还有一家碗店，碗碎了可以来补，静岚也陪外婆来补过碗，一只粗瓷青花碗，是外婆从乡下老宅带

站在吊桥头（龚静摄于 2017 年 2 月 19 日）

到城里的，敲碎一块，不舍得，来这里补，像在碗上缝了个直脚纽，却是平整的。碗店隔壁又是家食品店，偶尔静岚在这里买几分钱的蜜饯，话梅橄榄太贵了，不过就是甘草甜支卜，其实就是萝卜干丝呀，为什么要到这爿店来买呢，104 弄隔壁没几步就是食品店，每月陪母亲来买日用品，店员都面熟陌生，静岚不好意思，这家店就好多了，一只甜支卜三角包藏在口袋里，走路，摸索着吃一根，身边也没其他人，偷来的快乐似的，还甜甜咸咸的。再走过去，过了理发店，就是香花桥，香花桥堍边上就是大东饮食店，大东饮食店对面那家切面店静岚倒是常常去的，店堂里前头柜台，一侧切面机，方圆脸的男人肯定一大早起来前期准备都做好了，等开市，做做卖卖，馄饨皮切面，应付从容。

店铺和店铺之间自然有小弄堂，蜿蜒进去，一家家老房子，靠河边的，一般都有水桥头，有的人家从弄堂看进去，目光穿过客堂间，可以看见后门的水桥头，碎花睡裤的女人在洗拖把。

走上吊桥，吊桥下的城河比练祁河宽阔了，河上泊

州桥和法华塔（龚静摄于 1996 年）

着水泥船，桥附近有家煤球店，常见从船上通过传输带卸下煤屑，看上去有几分壮观，像是平静的城镇生活中的一点点意外似的。和吊桥直角的还有座叫登瀛桥的，那里是西下塘街的起点，直走沿河有家航运公司，航运公司过去，几乎就可以看到农田了。

走过吊桥，走到人民街，走到小囡桥，就到了城中。右拐弯，走一段，左转弯，走过张马弄，往左就到了州桥，边上站着高高的法华塔，塔是古旧的，从宋代开始就有了，经历了几朝几代的修缮，也还是旧了的，不能攀爬，远远地望过去，层层的飞檐。住在一个有古塔的城里，少女静岚模糊地感觉出气象到底有些不同。好了，从张马弄转身往右呢，不远，就走到了少年宫。

走过吊桥，有条小路右转弯，两棵高大银杏，左手边就是城二中的大门。

走过吊桥，走过人民街，走过小囡桥，左转弯，一段城中路，就是城中路和清河路的十字路口，再右转弯，走一段清河路，再左转，就到了北大街，走过一间间白墙（其实墙已经发灰了）黑瓦的老屋，离北门口不远了，嘉一中就到了。

1979年十字路口左手边开出一家佳露西餐社，新生事物，窗帘是那种尼龙纱的，外面望进去朦胧胧的，想一想红台布、白磁盘，刀叉亮闪闪，天花板垂下吊灯，听讲有罗宋汤土豆沙拉炸猪排，进去吃一顿蛮时髦的，大多数人也就外面看一看罢。静岚倒是在上大学后去过一次，高中同学聚会，拼成长条桌，大家刀刀叉叉用起来，辣酱油蘸猪排，土豆色拉，改良式的西餐，味道是不错，但也就这样吧，西餐对习惯了咸菜毛豆的肠胃来讲也就是偶尔难得就好了，看上去闹猛蛮闹猛的，盘子勺子各样一堆的。吃西餐的辰光，静岚已经不必再走过西大街、走过吊桥、走过小囡桥了，像周师傅一家一样，静岚也住上了有抽水马桶和煤气的公房。

这个十字路口是嘉定闹猛的地方，城中路有点市区南京东路的意思，清河路呢，是有点像西藏中路吧，与佳露西餐社对角处，有嘉定人叫十层楼的，十层楼是高楼呢，一般公房也就五六层吧，十层楼的高度蛮配合城中路的“嘉定一条街”的名头的。十层楼下临街当然都是商铺，商铺前有块叫叶池碑的。叫名叶池的地方还有和佳露西餐社隔路相望的叶池咖啡室，老底子是没有的，也就是静岚初中升高中那阵开出来的吧，好像跳舞厅也是那时才有的，到叶池咖啡室里吃刨冰吃冰咖是蛮时髦的，小年轻谈朋友去吃吃咯，静岚也就是听人家讲讲，叶池里厢哪能哪能，在嘉定人意识中，大家都知道这里说的叶池是叶池咖啡室，而不是那块碑，你说叶池是路名呢，还要到很多年以后建新城时才用，你说“池”呢，明明不见“池”，到底是啥呢，大家对叶池这个名字有种心照不宣的懂得似的，它是嘉定的一部分。其实，历史往前头推一推，十层楼的地基下确实是有个叶池的，又称叶家池，是抗清英雄侯峒曾家宅后的池塘，“嘉定三屠”中，侯峒曾、黄淳耀率将士抗清十日不敌清军，侯峒曾去意已决，偕其子元洁、元演投叶池自尽。民国二十五年，嘉定全县教职员暨学生捐建了“叶池”碑。1949年后，填池造楼，原来的碑石也遭毁。1961年，县政府重新在原址勒石起碑。离碑不远，是新华书店，初中时母亲好不容易托人在书店买到一套自学丛书，代数、几何的，静岚也就每天看几页，早早自学起来。叶池的故事，学校里班会上是讲过的，就像那个石童子的故事一样，说的是明朝嘉靖年间倭寇入侵嘉定多日，有一夜守兵防御征战疲惫了，未发现半夜入侵的倭寇，半夜起来撒尿的一个十来岁的男孩子发现倭寇入侵西城墙，及时叫醒守兵，自己却在叫喊中被倭寇刀剑刺伤身亡，嘉定人在西门城墙处立石童子像为纪念。叶池，石童子，好比嘉定历史中的剑气。走到这里，虽然不会特意去看看叶池碑，静岚心里会小小的停顿一下，哦，叶池。

走过吊桥，就有点走出了西大街的意思，静岚觉得熟悉的人事都在身体后面了，随时这样的来回，倒也像身体一天一天地和西大街以外的世界交流，渐渐的，就习惯了那些曾经的陌生。那些路，路旁的屋子、树，在很多年以后身体都记得清清楚楚的。

人民街上的花岗岩磨得发亮，很多地方圆润如鹅卵石，下雨的日子不小心会滑了脚，两边的粉墙根爬满了青苔，在墙和路接缝的地方一绒绒小草冒出来，静岚偶尔朝开着的门望进去，一方青砖小天井，厢房窗台上摆着种葱的搪瓷面盆，窗台下搁着自行车，有女人坐在厢房门口拣菜，每个礼拜天中午她走过人民街，都要看一看那些开着的门，这些门的颜色像麻布袋，没有光泽，可是和青苔墙看在一起顺眼。

小学时有一阵每个礼拜天下午静岚都要去少年宫，午饭后，母亲给她扎好辫子，有时两根，有时独辫，有时还把辫子盘成髻，左右两侧，再系上塑料蝴蝶结。母亲喜欢扎得紧紧的，老式梳妆台的镜子里看出一个有着光洁额头的小姑娘。梳妆台是外婆的嫁妆，从乡下带到城里的，公房的屋子实在不太适合这种梳妆台，委屈它挨着床靠着，镜子、抽屉、台柱子，花纹讲究。外婆边上看着静岚，妹妹的头发蛮兴咯，发根还蛮高的，看起来大起来命还可以的，不会像我一样苦命哦。母亲嗔怪，苦命苦命，你总归讲苦命，老娘你蛮好咯。静岚听着她俩你来我往的，心里有点烦的，梳梳头发还命好命不好的，但也有些印进心里的，摸摸后脑那里的发梢梢，模糊地想一想长大后会如何呢？眼前看起来，离长大很远啊。母亲跟阿芳姆妈白话，经常讲的话：哎呀，日脚长了，不出世咪。出世，意思就是读书毕业，长大自己活性命吧。静岚从小听着，感觉好像小孩子是父母的负担似的。镜子里的小姑娘有点不耐烦，虽然她总是被表扬懂事，看看薰衣草色的塑料蝴蝶结，她转了转头，蝴蝶结打得很匀称，梳妆台抽屉里还有两根粉红的蝴蝶结呢，她有点小小的欢喜，去少年宫呢，好了好了，你们不要讲了，我要走了。

瘦小的女孩子，白衬衫，天蓝底白花的布裙子（还是托人从市区买来的），丁字形黑皮鞋是她的大伯送的，步子倒不慢，眼神里忍住跃跃的兴奋，揣着一点隐秘的骄傲，去少年宫。她走得快，目不斜视，她希望快点到少年宫，其实她是有点羞怯的，她怕碰到熟人，隔壁阿姨，邻居同学，似乎不想让他们知道她要去少年宫，由于常常被挑选上，她的同学对她是有些意见了，女孩子们的态度就是聚在一起无形中孤立她，弄得她似乎很要看她们的情绪，她想她没做错什么呵，她那时不明白你被选上就有人落选，每次每次的，小小的心就产生了怨恨，是呵，凭什么都是你？学习成绩好就好了？这样的心情藏在隐秘的地方，如杂草，她慢慢琢磨，拾掇这些草丛，后来她知道这就是最初的人情世故了。

去少年宫，有一阵是跳舞，后来改成朗诵了，再后来做报幕员。其实，这都不重要，重要的是去少年宫，每个星期日下午活动。不是每个少年可以随便在礼拜天去少年宫的，每个少年心里都知道，要经过挑选。静岚到成年都记得那次挑选合适的少年学拉小提琴，就在少年宫二楼那间狭长的房间里，一个大眼睛的年轻男老师挨个观察她们伸出的小手指，看它是否够长，是否超过了无名指的第二个关节，很不幸，她的小手指显然令老师失望了，小提琴轻妙的弓弦尽管是她的梦想，但从此绝缘，短小的小手指是不能拉琴的，这就是法则，少年时他们就无时无刻被告知着种种法则。符合法则，就能够被挑选，好像那句“脱颖而出”的成语。

去少年宫的路在静岚的眼里是长的，常常杂草般的心事会漫上来，不过，要紧的是现在要去少年宫，静岚希望进去了，跳舞了，朗诵了，那就快乐了。于是，她总是尽量走得快些。花岗岩老街，时间长了，脚会疼，她的辫子似乎有些松下来了，还好拐过张马弄，走到南大街，就快到了。

少年宫是一个大园子，进门就见花草，房子有好几进，少女静岚那时还不大明白，只是楼上有雕花栏杆的走廊让她着迷，走廊折来折去，捉迷藏似的，不知道少年宫里有多少间屋子。成年以后她才知道少年宫的房子颇有来历，最早是崇祯皇帝周皇后的娘家宅子，周皇后老家在嘉定娄塘，后来在镇上买了这处宅子，人称周家花园。李自成兵临京城，说是周皇后曾建议崇祯送两个儿子到嘉定避一避，可惜崇祯这个人做事向来游移，定不下来，最后也就自缢收场。晚清时，周家是彻底败了，花园姓了秦，秦家也是有来头的，祖上乃宋代诗人秦观，秦家出过兄弟翰林，十分了得。1949 年后，秦家花园由政府接了管。

那时的静岚只知道少年宫有的房间大如学校的食堂，有的小若门房间，有的窄窄暗暗，神秘兮兮的。不过，来不及去看老房子的，舞蹈班就要开始训练了。很多同学都到了，她们说话的音调与她有些差别，染上了市区的口音，她们看上去就有点与众不同的意思了。有人群的地方，就有比较，就有一些莫名其妙的心理，年少的心就这样模糊地意识到了更多。

一次，静岚被选去做全县文艺会演的报幕员，那个大眼睛的男老师还专门来训练她，台步、说话音调、手势，她努力表现，大眼睛老师的皮肤很白，她想男老师的皮肤怎么也这么白呢？大概他不大晒太阳的，总是在少年宫的房间里教学生拉小提琴的关系。那天她穿上红丝绒背带裙，在人民大礼堂报幕。开始就出了洋相，她不知道，但听到台下的笑声，原来她的丝绒裙摆翻上去了。不过这都是小插曲，一切都还顺利。结束的时候，静岚还能感到心跳得咚咚咚的，脑子里热烘烘的，待换下丝绒裙子了，她才想起她的蓝地白花布裙子在少年宫同学手里，同学已经回家了，一下子欢乐就变成了沮丧。红裙子刚才还希望穿得久些，现在简直招人现眼了，她只好带着未擦掉的胭脂，一步一折光的丝绒红裙子，走过清河路，走过人民街，走过吊桥，好不容易走到西大街，回到家。

似乎好多事情总是这样热火地开头，落寞地结束，甚至意料不到的不开心。一路上静岚觉得自己像动物园里那羽毛暗淡的孔雀，隐约间那些兴奋如阳光的影子，越来越短下去。

静岚想起来有一天下午在南大街孔庙的当湖书院内参加面试，是一次怎样的面试呢，是上海的京剧团老师们来嘉定挑选小学员，嘉定好几所小学的学生都齐齐来到孔庙，青砖地、雕梁画栋，小学生们才不会注意这些呢，大家都兴奋而忐忑地排队等着面试。应该是朗诵和唱歌吧，也许是唱支山歌给党听？也许是哪首诗歌？静岚真的忘记了。只记得歌是唱走调了，朗诵也许也不怎么样，虽然学校里推荐的老师觉得还不错。她记得心跳加速，要跳出咽喉的样子，如果不是在朗诵，真想用手去按住。走出古老的大殿，慢慢走出孔庙，低头看着布鞋下的青砖，静岚记得有年国庆节和伙伴们在孔庙里跳过集体舞，不知为什么安排在了晚上，夜灯，青砖地，四周影影绰绰的树，不远处静默的飞檐大殿，回想起来像一件不可能发生的事，此刻，刚刚的唱歌朗诵，也已经流逝，静岚知道京剧团考试什么的不过就是一次经历罢了，是来试一试也就好了的事情，虽然静岚感觉到某种挫败，只是也不过就是自己在这方面其实是不怎么样的挫败吧，少年人的心气不那么容易一下子说服自己吧，静岚都没想到正好可以玩一玩孔庙隔壁的汇龙潭。

从西门到汇龙潭公园还是蛮远的，来回步行，早上出发，转一圈，赶回家午饭，来是来得及的，并不从容，所以到汇龙潭看看打唱台，打唱台的屋顶藻井煞是好看，像看螺旋盘旋而上的花纹，在顶端汇合；看看唐代的经幢，看看花草，走走奎龙山，湖心亭上坐一歇，简直是春游的意思了。静岚却是没有心思，沿着孔庙门前那条雕着 72 只石狮子的台硌路走回西大街时，当然也不会有心思去数数真的是 72 只狮子吗？每只狮子都长得一样吗？说是代表孔子的 72 个门生，静岚知道孔庙的名气在江南这一带蛮响的，嘉定人向来重视教育，讲究读书

孔庙里的古柏（至今近700年）（龚静摄于2017年）

做人，孔庙是嘉定人的骄傲。静岚想起家里楼上 303 有个不怎么看见的邻居周先生，大人们说正是他在“文革”期间保护了 72 只石狮子。1966 年，当时嘉定有个红卫兵纵队打算某天去砸孔庙的石狮子，破破“四旧”。纵队里的有个小将回家跟父亲说了，这位在博物馆工作的父亲心里明白石狮子的价值，可不能眼看着石狮子遭殃，怎么办？他连夜召集几位同事商量办法，大家思来想去，决定凑钱请来泥水匠，夤夜将石狮栏砌成厚厚的水泥墙，再在上面刷上革命标语，等第二天红卫兵到达孔庙，一看如此情景，也只能作罢了。这位父亲就是周先生。静岚其实真的记不得周先生的样貌，母亲说他高个子，平时少言语，后来他们家搬走了。

静岚在孔庙看到的石狮子当然已经不会被遮挡，石狮子姿态各异，沉默不语。小学校里正在开展什么批林批孔运动，孔夫子变成了孔老二，静岚搞不懂，可是在学校晨会上还得照着老师写好的稿子念，作为学生代表发言，克己复礼到底好还是不好呢，小孩子是不明白的，倒是记住了几句孔子说过的话。

可是，此时此刻静岚想的不是孔子，而是面试后那种奇怪的感觉，快速跳动的心脏已经恢复正常，身体的那种热感也渐渐凉了下来，静岚知道不会被选中的，虽然她曾经时常被选中过，但总有不被选中的时候的，即使被选中了，也会像那条红丝绒的背带裙，台上亮闪闪，好看，可是，走在西大街的路上，穿着它却尴尬之极，静岚当然还不会用很多词语来形容这种感觉，她想起很多人家结婚都喜欢放鞭炮，那种百响，红色一长串，噼啪作响，热闹得很，却终究满地纸屑，刚刚还是饱满的红，转眼一地烂污糟糟。

当不惑之后的静岚某一年看到一条正红偏橘的红裙子，冉冉起购买之念，好像是要挽住逝去的时光似的，突然依稀仿佛地想起了那条少女时代的红丝绒背带裙，陈年往事竟然无比清晰，顿时热念缓缓地冷下来，虽然静岚很温柔地看着红裙子，却无比坚定地拒绝了它。

站在吊桥上看城河，时有驳船队慢慢地行过，露天的水泥船舱堆着黄沙砖头之类，领头的那艘船是有像模像样的木头船舱的，船头还晾着一件褂子，看着驳船慢吞吞远去，好像是带来了城外的世界，不过一歇歇水波就平静了，船队只剩下一个淡淡的影子，静岚手搭在吊桥栏杆上静静地看了会，就走下桥，右转弯，走过短短的庙泾桥，看见那两棵银杏树，城二中就到了。

在校门和银杏树之间有条小路，是中下塘街，窄窄的台硌路，一边的老宅与人民街隔河相望，一边是平房样式的新村，红屋顶灰砖墙的房子，再延展出去就可以看到农田了，城镇和乡村彼此间似乎总是无法分离的状态，你穿过西门方圆某一条小弄堂，走着走着，就看到城外的田畴。城二中的校门有两个，大的在银杏树斜对面，小的就在中下塘街。大校门是一个校门的样子，方正平常，小校门其实是食堂附近的偏门，类似那种江南老房子的门楼，从这里进去，好像进某个老宅子。还真的是以前的老宅子呢。城二中的前身名私立承德初级中学，1950 年代由嘉定工商业人士创办（1956 年下半年转为公立），就建在西门承德祠堂内，经年历月的，慢慢发展起来的，到了静岚上初中的 1970 年代，规模自然已经与当年不可同日而语，平房的老教室，二层和三层的新教学楼，初中、高中，还有校办厂呢。那年头有句口号叫“向科学进军”，高考制度也在1977年恢复了，考重点高中，考大学，就是静岚和同学们心头的热念。初一时还在暑假里参加美术班，画画。下巴留一层胡子茬的方圆脸老师脸上总浮着和蔼的神色，一周一次美术课是静岚欢喜的，蜡笔水彩笔，点点涂涂的，低着头，凝着神，专心涂，专心画，啥也不用想，连中午回家能吃到什么菜也不想。一次做画花布的作业，老师还拿着静岚的作业在讲台上展示夸奖，怎么怎么设计感，其实就是树叶小花的纵横图形罢了，认真细心一点小想法罢了，静岚被胡子老师夸得像含羞草恨不得低下头去，可是心里当然开心的，痒兮兮的感觉。那年正好换学制，初一念了三个学期，第三个学期还跟着老师，排节目，跳跳“绣金匾”的舞蹈。课间休息或下午早到学校，三五女生还围着讲台玩麻将牌游戏，四只麻将牌，一只小沙包，玩的是个巧和灵敏，一把抓牌，一撒，不同花色相见，几乎是本能地判断接下来该怎么做，来不及思考的，右手已经上扔沙包，左手瞬时翻飞某只麻将，使之花色能和其他搭配，同花的，和沙包一起相抓轮流着来，算是赢了一次，然而并非结局，尚未真正赢面，得四只麻将牌四种花色，一只横向，一只竖直，一只阴面，一只阳面，玩到此时，做的人顿有得意之色，沙包扔得飘然高妙，四只一把一抓时，右手肘情不自禁幅度大起来，像在划一根抛物线，尘埃落定，神经才放松下来，喘几口大气。静岚的麻将牌游戏玩得不错，常常能四个花色一把抓，不由会有些得意之色，不过她知道可不能太显了，抿着嘴笑笑就好啦，赶紧让其他同学来玩。手、心、判断力和灵活性，麻将牌游戏倒是考验综合能力的。静岚以后也不会叉麻将，不过一直保留了四只竹质麻将牌，想着初一时讲台上那股子聚精会神上下翻飞的劲头，玩得额头上头发都被汗水黏住，还是要做成那个最后的花色。

很快，没时间参加美术班了，文艺节目也不排了，麻将牌老早收到抽屉角落里了，初二下半年已经开始上发条了，到了初三，没有闲话可以说的，当然一切都让

四只麻将牌，一只小沙包，玩起来（韩王荣　图）

位给考重点高中，放学回家晚根本不算什么，老师从市区学校弄来了卷子，当然赶紧做啊，做了听老师分析讲解，感觉快乐得很。总归想考进重点高中的。阿芳姆妈讲，考进嘉一中，等于一只脚踏进大学了。小峰姐姐没考上嘉一中，算了算了，不是读书的料，让她顶替接我的班算了，阿芳姆妈说是这么说，到底还是失落的。静岚肯定会考进嘉一中的，阿芳姆妈说。也要碰运气呢，静岚嘴里谦虚着，心里其实也自信的，初中三年，一直名列前茅咯。

校门口的银杏树时常可以看到这个女孩子的身影，初二那年冬天，女孩子冻着手清早去校门口的露天水龙头洗教室里的痰盂罐，黏黏的东西，水冲不掉，只能用手，哪里有什么橡胶手套之类，就是裸露在寒冷里的手。班主任是说每天的值日生清洗痰盂罐，可有几个少男少女自觉的，只能是班长的静岚以身作则，以身作则，以身作则，那一年的冻疮一直在来年的春天还在发痒，从此，左手手背的这一块似乎总有些血脉难通，尚未冬天，就已经木木的了。

银杏树斜对面是两家人家，房子却像是间小庙改建的。却原来老底子还真是间小庙。还是与明末清初的“嘉定三屠”有关。当年侯黄领导的抗清斗争失败后，清军首领李成栋下令“屠城”。是日上午，李成栋点上三炷香，命令手下城内杀人，见人就杀，不问男女老少，香尽方罢。倘若还原彼时彼景，西门街上鲜血成河，练祁河里血色成片，大概都分不清哪里是街，哪里是河。上午辰时到下午酉时，整整6小时。看守香烛的一位清兵小头目动了恻隐之心，就偷偷掐掉了一截香烛，并立刻策马去报告，不料只顾在马上呼喊的他在三皇桥头边马失前蹄，人掉进河里，不幸被淹死了。幸运活下来的嘉定人为纪念他，造了这座小庙纪念他，混乱里哪里知晓其姓甚名谁，只知兵营中唤他“老八”。嘉定方言中称某人哪方面厉害有“拜大王”之说，故此庙叫名“八大王庙”。八大王庙也曾经一时香火鼎盛，在1949年后被改建成了民居。静岚记得屋子一侧还搭建了一间小小的灶披间，初中三年看熟的日常场景，在年少的心中不会留下太多痕迹，只是依稀仿佛，还是春夏叶绿，秋天叶黄，冬日凋零一地的银杏树在记忆中总是矗立着。到了 21 世纪，曾经小学时每次上台发言都会憧憬着说“我们要做无产阶级革命事业接班人，为 2000 年实现四个现代化而努力奋斗”的 21 世纪，就这么置身其中，再从吊桥右转弯去看那两棵银杏树，树在，民居已经拆除。每次返回西大街，静岚总要去看银杏树，古树了，被保护了，最近的一次去看，银杏树被漆成绿色的金属栅栏围护起来，无法伸手拍一拍，围护起来的树像绑上了什么东西，僵兮兮的，静岚想起那些每天走过的日子，突然心里涌起喝酸梅汤的感觉，那些踩着银杏树叶上下学的日子，那些在银杏树的陪伴下清洗痰盂罐的冬晨。

几十年以后的秋天，新闻报道总会说一说银杏，城里哪条街的银杏树叶黄了，哪条路的银杏树好看，好比春天赏樱秋天看银杏的人生必备。静岚念一念那些年少时天天银杏树的时光，她拿出自己做的银杏叶图，是从街边零星捡来，清晰晒干，贴成图案，装框而成。虽然不是西门的银杏叶，总是银杏叶的。

站在吊桥头，也能望见那两棵银杏树的，不过，站在吊桥头，不是为了看银杏，是要等待上吊桥的粪车。环卫工人每隔几天拉着粪车来处理西大街上的化粪池。吊桥是环卫工人的必经之路。静岚和小伙伴等在吊桥头，看着阿姨拉着粪车吃力地上得桥来，赶紧奔过去推一把，鼻子好像被壅塞住了一般。哪里会不知道粪车的气味，粪车外面粘着些什么东西呢？可是，学校里号召“向雷锋叔叔学习”，西大街不像上海的马路那么宽，扶着老奶奶没几步就到对街了，那么就来吊桥头推粪车吧，脏的臭的活计，很考验啊。拉粪车的阿姨四十开外，瘦长脸，辛劳的脸色，暗淡，看到静岚她们帮着推一把，微微一笑，其实平常里也总看到她的，看到她吃力地拉着粪车，腰微弯着，脚下一双草绿色帆布解放鞋，夏天是赤脚穿的，在台硌路上下力，鞋底很容易磨破。吊桥下到西大街的坡度大概有三四十度的样子吧，上去吃力，下去其实也吃力，脚力得收住冲势，这个生活男人做也吃重的，何况一个中年女人。其实，静岚推一把的时候根本不会想太多，想到的大概还是自以为这样的行动是做好人好事，还满心的欢喜。生活的重负是领略了的，只是终究淡淡，一把粪车其实也推不了多久，热度一过，也不去吊桥头学雷锋了，和吊桥上下粪车的阿姨再也不会有交叉的。

二楼四家人家中，周师傅一家最早搬离104弄，搬到静岚去少年宫总会穿过的张马弄附近新工房，大家簇拥着周师傅说：周师傅，新房子有煤气啦，还有抽水马桶，总算勿要倒马桶了，适意适意。周师傅笑眯眯，右侧镶嵌的银牙齿波光一闪，慢慢讲：大家以后都会用上咯，都会用上咯。

四、过街行桥，走到菜花地

挑马兰头去

楼下朱家姆妈屋后种的向日葵花开得很旺，嘉定话叫“兴”，啥人说你头发兴来，就是头发多而浓密。花开得又大又艳，也叫兴。朱家姆妈后屋那块“自留地”很兴的。说是自留地，其实是河滩头，隔了一条窄窄的小河浜，对面就是生产队的一排猪圈，时常能听到猪叫，不知是饿，还是发情，风向一变，味道就会飘过来。静岚小学时和同学一起进去过猪圈，水泥板隔成格子屋，母猪通常一头一间，身下拱着一堆乳猪，一般是几头猪一间，有的懒坐一角，有的慢拖拖走来走去，看见人来，猪少年会探头探脑，把张猪脸搁栏门上，猪嘴长长的样子，朝你眨眼。猪倌提着长柄竹扫帚每天总归要扫一扫，接着手握长皮管冲水，不过污水似乎都是直排的，猪圈边堆肥成小山，幸好农田里施肥也是需要的。朱家姆妈本身就务农的，河滩头对面的生产队的，前夫早先年就去世了，现在的丈夫算是入赘，在厂里上班的，前后有五个孩子，二男三女，长子已经结婚另过，就住在大平房内一间厢房。一家六口，日子不紧着过不行的。她出完生产队的工后，就忙乎这片河滩头的自留地，种了不少东西，青菜山芋黄瓜番茄丝瓜，向日葵芝麻玉米甜芦粟，时令应季，河滩头哪能不“兴”。玉米甜芦粟绿意盎盎，又是细长条，叶子随风飘荡。站在二楼看，猪圈虽也无法不见，总归有一片绿油油隔一隔。

收了葵花籽，朱家姆妈会叫小女儿娟子送点到楼上来。娟子和静岚年龄差不多，小个二三岁，平时也是玩

油菜花开了，去挑马兰头啦（韩王荣　画）

伴。娟子是利索爽快的姑娘，这时略略羞涩，递给静岚一个纸包，伲姆妈说炒来吃吃，香香嘴巴。静岚转身交给外婆，拉了娟子请她进来玩，不了不了，下趟你下楼来玩吧。来去两句话功夫，外婆已经拿出一瓶酱瓜递给娟子：拿去过过泡饭吃啊。谢谢阿婆，再会再会，娟子脸上的小雀斑略略泛红，甩着小辫子下了楼。

小河浜后来几年填平了，河浜下面挖了防空洞，深挖洞广积粮，备战备荒，学校里开会这样讲的。防空洞在小孩子眼里就显得很神秘，心里长草，痒痒，非得逮机会下去看看。机会终于来了，有一天防空洞出口处的水泥板不知怎么被男生们发现可以移动了，消息如风传播，住得近的小伙伴闻讯而来，围挤在洞口，洞口往下一排铁质梯阶，直角而下，探身俯视，略感恐惧，可是心里又雀跃，你推我我推你，不敢第一个下，又想下去看。B 同学胆子大，他沿着梯子而下，接下来就好办了，大家纷纷跟着下，静岚也下去了，还很豪迈地表示不怕不怕。下得洞内，里面长长的走廊啊，黑魆魆，手电筒的光是马上要被吃掉的意思，一直走，好像不知尽头在何方的感觉，走着走着，大家就有些怕了，有个女同学小声道：回去吧回去吧，吓丝丝。静岚也有点怕，不过没说出口，她倒是担心出口的那块水泥圆板，万一被人堵住了，那就完蛋啦。越想越担心。回去回去。赶紧回去，男生们到底也怕的，被大人知道，回去肯定要吃排头。看到出口处洒下的光了，大家纷纷往上爬。哎哟，终于又看见朱家姆妈的甜芦粟了，心一定。大家全都出来了，开始说大话了，啥人再敢下去呶，我陪你一起去。明明谁也不想再下去了，可是这么说说显得勇敢呢。豪㨃（嘉定方言：赶快）回去吧，爷娘晓得不得了。

不晓得南门东门北门有防空洞吗。西大街的防空洞后来不晓得派啥用场，好像也没派用场。后来上面造起了商品房。

从西大街的任何一条支弄走出去，走着走着，要么过了一条河，要么过了一条路，就会看到农田，看到生产队的打谷场，甚至沿着田埂再走进去，看到老黄牛卧在田边打盹。如果坐北嘉线，出了南门，都是乡村了。

早春，迎春花开了，油菜花开了，静岚看到外婆从五斗橱里翻出那个灰蓝色布袋，自己织的蓝布，经年用着，洗得发出淡淡蓝灰色，俗语叫它花袋，袋口有抽绳，摘棉花时兜在腹前，边摘边放最是合适，其实，何止摘棉花之用呢，各种有用啊，不过正是时兴人造革袋子的时候，布袋子自己随手就可做一个，好像是土土的意思的。静岚看到花袋，心里荡一荡，可以去田野里吹吹野风，望望野眼了，当然，主要是劳动去，和外婆一起去镇边农田渠道挑马兰头摘枸杞。

外婆的根是在农村的，她只上过扫盲班，只会写自己的名字，她年轻守寡，一子夭折，一子送育婴堂，一手抚养一女长大读书进城，农活外到毛巾厂做零工，编竹壳热水瓶壳子赚家用，打理自留地，蔬菜瓜果丰富餐桌，缝纫做衣。进得城里来生活，日历自然要看看的，不过主要看农历，啥个节气做啥事体：春天吃春笋马兰头；立夏做草头塌饼；端午前早就备好了粽叶，取出去年的棉线，准备包粽子；立夏做草头塌饼，酷暑一定要烧酸梅汤绿豆羹，夜饭时一把菜刀一坨和好的面，就着一铁锅沸腾热水，转眼间小鱼儿似的面片已锅中游弋，一碗咸菜豆瓣刀削面吃得暑气全消；初秋糯米糖藕总归要亲手做；冬天了酒酿哪能不做一坛呢，腊月里赤豆汤暖心肠；逢熟吃熟，普通食材，却是家常美味。静岚跟着外婆也学会不少家务手艺，当时不觉得外婆手艺精手势好，只道是寻常，却其实粗茶淡饭精耕细作，日日餐饭日日辛。

城外村里尚有外婆老宅，自留地也留着，种些不必天天打理的蔬菜，播种耕种锄草，逢着日子，外婆就乘北嘉线去乡下，开门通风，下种拔草顺便收获蚕豆玉米竹笋等带回西大街，有时还住上一夜，老式棕床下的地板其实是架空的，老鼠窸窸窣窣地奔跑着，边上的竹榻夏天躺躺倒确是阴凉的。不返乡的日子，外婆一样可以在城镇周边无缝对接乡野点滴，挑马兰头摘枸杞头几乎是每年春季的保留节目，直到离开西大街。

妹妹，花袋带好了哦，小脚刀勿要忘记哦，绢头袋袋里放一块。叮嘱几句，一老一少就出发了。一般是礼拜天下午，除非静岚哪天放学早，三四点钟也可以去转一圈，保管回来一花袋马兰头，晚饭还来得及炒一只干丝马兰头。时间足呢，去远一点的地方，有次老少俩从西大街过虬桥，走过人民医院，一直走到沪宜公路，走过嘉丰棉纺厂，到了嘉西大队，一片片农田，找一条渠道，探身进去，簇簇丛丛的马兰头，祖孙俩高兴啊，挑啊挑，结果不知不觉离城越来越远了，竟然还在田埂上碰到进城去的亲戚了，又没有手表的，看辰光只凭经验，赶紧撤，来时空身，返则满载，老少大小俩花袋呢。不过一般还是去近一点的地方，到底远了，走回来太吃力了。楼下大平房边上有条小径，穿过去，走一段，就到了清河路，看得到光机所了，光机所旁边都是农田，随便寻条田埂进去，田埂上一路过去静静铺着马兰头，静岚和外婆干脆就坐下来，笃笃定定挑，挑掉一片，再走几步，跨腿坐下，又是簇簇等着她们。累了，直起身，看看身边的油菜花，菜花已经开得繁盛至荼蘼了，不久就会结菜籽，等着收获，榨成菜油，上市，倒进食品店的汽油桶内，桶开小口，一个类似化学课上的虹吸装置，零拷时店员下压，菜油会从另个小管子慢慢滴下来，反正静岚还蛮喜欢帮母亲去拷菜油的，喜欢看着店员操作，等待的间隙看看左右柜子里的南北货，品名，价格，那些样品并不十分新鲜，衬在白色的搪瓷盘内，口沿的蓝边倒勾勒得齐整，干乎乎的莲子海带蜜枣好像也变得生气起来，略微矜持地向着走过路过的人。到底不是天天要吃的米饭蔬菜，每月买日用品的主妇们平时就是望两眼，心里盘算着啥时候得了余钱来包上一小袋。

意识流呢，静岚那时还不知道这就是意识流啊，突然一条小蛇从眼前不远处游过去，吓了一跳，外婆笃定，没事体没事体，逃掉了，看看日头斜到田野边上了，拎拎花袋，大半袋了，妹妹，辰光勿早了，回去了，回去烧夜饭正好。唇齿间外婆说的“正”字拖着长音，伴着略略用力撑起身来的气息。老少俩起身，往回走。静岚掏出绢头擦擦汗，嘴巴有点干呢，好在出田埂，过清河路，从那条小路穿过去，就很快到家的。回去喝开水。

偶尔，小峰姐姐也跟着静岚和外婆去挑马兰头，不过，挑了一两次，小峰姐姐就不去了，看看不吃力，其实闷着头，手里不停，时间久了也腰酸背痛的呢，年少不觉得罢了，不过外婆倒不怎么叫吃力煞吃力煞，好像是她分内事一样，她好像手脚总归要动，要忙乎，做不动了，心里头倒难过了。

其实，外婆的脚生了慢性脉管炎，也没啥特别的办法，丹参片是常吃的，郭医生有一阵定时定日晚上来为外婆针灸。郭医生不是眼科医生吗？但郭医生不满足眼科领域的，他自学着中医呢，静岚有时去203室串门，每次都看到他在大房间里戴着黑色锈琅架眼镜在看书，书很厚，大开本，郭医生看到静岚，抬头笑笑，很礼貌很矜持，但也不冷漠。他为外婆针灸拔罐。现在静岚回想起来，应该主穴都在膀胱经上，还有足三里等。静岚看着外婆趴在床上，郭医生手持火棒，就着酒精灯的火迅速伸入玻璃罐内，一秒内“啪”，按在了背上，一个接一个，一串排满，声势壮观，时辰到，拿下，一串红紫圈圈，壮观之余有点恐怖的，郭医生倒是满意地笑，好像疾病就在这些红紫色中溜走了。

外婆的脉管炎在郭医生的针灸下还是得到控制的，不过，慢性病，总是时好时坏，后来搬离了西大街，也就没去针灸拔罐了，似乎保持着不怎么好也不怎么太坏的状态，不过血脉不畅是肯定的。

挑马兰头时的外婆哪里看得出得了脉管炎呢，哪里看得出是一个睡觉要捂一块棉絮片在心口才觉胸口好过些，脚上要包好袜套的老人呢。挑马兰头时的外婆也六十多岁了，慢性病不少，精神头挺足，人活一口气，总要撑牢。天天一日三餐地忙着，时令节气地操持着，平日里还要留心省点香菇木耳红枣莲心桂圆什么的下来，留待变着花样做点三餐之外的余兴。小房间木板床底下那个木制茶壶桶，是她的宝贝栖身处，窸窸窣窣地一摸，好像总能摸出点好东西来，也不知她啥时候存下的货，凭票供应的时代有多少余物呢，简直是个谜，日常里要留多少心呢。

挖竹笋

挑马兰头前，静岚已经跟着外婆和父母去过乡下了，竹园里的春笋正逢时节，吃时鲜就得吃头一潽。

乡下也不远，北嘉线出了南门没几站就到了。南门的城墙比西门高而长，有点逶迤的意思。出了南门，除了加油站，养路所，间或工厂，就是乡村了，河汊散布其间。棕芳桥站下，步行，即见边上一条土路。沪宜公路旁这样的土路不少，看起来都差不多，在熟悉的人眼里自是各条有别。走进去，一侧农田一侧宅子，大多黑瓦白墙旧木窗的平房，虚掩腰门，门前户户有井，家家篱笆围着几分自留地，静岚一路跟着外婆往里走，一路听着外婆隔着篱笆和门口的乡邻招呼，外婆十八九岁嫁到这里，到五十几岁住到城里，同宗和乡邻，走过路过，都是熟脸。好了，看到桥了，桥那头是竹器厂，外婆的老屋在桥这边，右转弯，一条小径，右侧外婆自留地的竹篱笆，左手邻人的屋墙，再过去又见篱笆，圈着一方自留地，此时正是蚕豆熟的时候，那是邻居阿婆家的，自留地前一口井，彼此公用。

那种江南的老屋，客堂一间，卧室一间，披一间，彼此相连。客堂一墙有扇小门，推开，其实是邻隔壁太婆屋子的隔廊，堆些稻柴杂物。开门推窗，通风通气，不常住人的屋子总有股子霉气，竹扫帚先里外撸一遍，打一桶井水进来，灶头八仙桌擦一擦，外婆取来稻柴，点火烧水，静岚一旁帮着拉风箱，炉膛映红了外婆的脸，静岚觉得在老屋里外婆分外自在，虽是泥地老屋，自己全然做主。铁锅子里水沸了，铜勺子舀在粗瓷碗，吹吹热气，喝了几口。米淘好，醒在锅子里，炉火微温，煨着铁锅。见外婆去拿搁在墙边的竹刀，静岚晓得要去竹园挖春笋了。

穿过二进两厢房的老宅，老宅住的都是同宗同族的亲戚。走出后门，就是竹园了。竹园也是同宗几家共用的。静岚听母亲讲过她从未见过的外公家族老底子是做竹子生意的，买卖竹子、竹器等。竹器行业曾经是这个村子农业之余的特色产业。静岚跟在蓝布大襟衫的外婆身后，小心翼翼，她怕传说中的竹叶青蛇突然窜出来。其实竹园里泥土松软，新旧竹叶，杂草不算多，春天来挖笋的亲戚都会顺手拔掉点。

外婆挥着一尺多长的竹刀，左右开弓，像是开路，又似赶蛇。竹园里其实清静，风一吹，竹子的味道漫开来。静岚用力吸口气，难怪春笋那么鲜那么好吃。静岚挖竹笋不如挑马兰头熟练，也就帮外婆打打下手。只见一截竹笋，又一截竹笋，一歇歇工夫，大半袋花袋的竹笋，外婆已经拎在手里了，她直起腰歇息时，望望这棵竹子，拍拍那株竹子，自言自语，嗯，再过几个月长得壮点，好卖了。

好了，正好回老屋做午饭。稻柴燃起来，静岚使劲拉起风箱，大铁锅子，豆油一勺，铜铲一翻，春笋爆出响声，酱油红糖，外婆已将一碗酱香的油焖笋摆上木头方桌，蓝瓷花边大碗腾起热热的香气。客堂间的泥地，多少年踩下来，夯实板正，布鞋踩上去也不硌脚，稳当当坐在长凳上，柴灶头的米饭糯，蒸碗咸肉炒盘青菜，老屋的饭菜比煤球炉子烧的就是香。

饭罢竹榻上铺开被子歇一歇，静岚跟外婆去隔壁自留地忙乎，蚕豆好收了，土豆要播种，山芋可以种下了，杂草要锄头挠一挠，田垄也要翻一翻，做好这些事后背的汗就滗出来了。一般当晚就回城了，一花袋笋，一花袋蚕豆，每一季的当令蔬菜，玉米，甜芦粟，山芋……

炉膛燃起来，风箱拉起来，大灶头烧出来的饭菜就是香（乡村老屋灶头图·韩王荣　画）

甜芦粟种在自留地一角，从小路口走进来远远地就能看到它的绿叶子风中飒飒，好像夏天的样子就该是这样子的。

十一、春节的日子，老屋有几年很是热闹，家族里有嫁娶的，通向竹园的穿堂天井都摆开席面，不够的话，各家的客堂间当然摆上桌头，来客都穿上簇新或半新的衣裳，阿姨孃孃们基本上都顶着一头新吹新烫的头发，看上去稍微生硬，不过倒也像刚从自留地里摘下的青菜，新鲜蛮新鲜的。静岚看到母亲的头发也是这样新鲜着，还是前几天在楼下大平房边上那间理发小铺子烫的，是用刚刚行起来的冷烫精烫的呢，特地吹得蓬松，刘海像朵花，衬得人也柔软不少。母亲显然也意识到，时不时用手顺顺头发。那间理发小铺子算是蛮早的个体户，夫妻俩经营，妻子是住大平房的本地人，丈夫是外乡人，入赘上门，人瘦，眼睛大，鼻子尖，话不多，伺弄头发耐心，收费不高，街坊邻居热情帮衬他的生意。他们的小房间外摆着条木长凳，等候的女人们打着毛衣，说着闲话，或捧本《八小时以外》。虽然铺子设施简陋，热水都靠煤饼炉子上的铜吊一壶壶烧出来，但从早上热闹至夜里，有的邻家妈妈家里洗了头发来吹吹风，有的自己拿了冷烫精来，有的阿婆剪了发回家自己洗头。逢节日，门外一条长凳是不够坐的，起码两三条，一地又一地的头发，来不及打扫，煤饼炉子着急使不上劲。

没用冷烫精前呢逢着要山清水秀出客去，只好自己动手，晚上小夹针一缕缕将头发夹了，早上起来，如绵羊毛似的，不过此法只适合局部，比如刘海鬓发什么的，且“胜利果实”不易持久，上午的“风头”到下午就散了。还有一种方法稍微持久些，工具改夹针为粗电线，黑色绝缘体，工厂里用剩的。电线尺余，将头发弯成“S”形固定，几小时后抽去电线，头发尾部就颇为弯曲自如了。电线卷发的缺点是晚上睡觉不舒服，硌得难受，整夜侧躺总不是法子；况卷曲持久度虽有所延长，但隔了夜就一马平川了。小夹针和电线两种卷头发法静岚也都试过的，当然只是头发梢梢意思意思，好像卷卷的头发似乎是比直发灵动点。不过那种拿火钳烧热了的烫发方法可不敢试，碰到技术不熟练，看上去吓丝丝的，像在施刑。后来有了电热梳，静岚见母亲也买了一把，金属做的梳子，绝缘体的手柄后拖着电线，通了电，可以直接弯曲头发。不过电热梳齿宽，间隔疏松，烫出来的头发有明显的梳子印，一棱一棱的，不柔和，不是那种看着自然的不显山露水的那种卷曲。

在老屋吃酒水，静岚也会穿上新衣，棉袄还是旧的，罩衫是新做的，花布中式对襟罩衫，外婆特地盘了蝴蝶纽，比平时穿的直脚纽要好看，做起来也费劲得多。中午未上桌前，就先在老屋和亲戚们闲坐闲话，门前场地清水洒过，拿条长凳出来，嗑着瓜子，有一搭没一搭的，看着亲戚和帮工忙碌，吊井水的，挖门前自留地青菜的，太阳晒一晒，后背心暖暖的。外婆招呼这个招呼那位的，笑得嘴巴咧开了，倒像是自家办喜事，大概看到小辈们在老屋开开心心的，很有老长辈老土地的感觉呢。

老屋正门对着河，河对岸是生产队的竹器工坊，静岚进去过，到处是竹子，批好篾好的，尺寸裁好的，码在一旁的待加工竹子，还有做好的成品半成品，落脚得小心翼翼的，中年的大叔们坐在竹凳上，膝上垫块布，正在篾竹条，这个活可是细致活计，划破手是家常便饭，不过相识的大叔可以一边手上忙着，一边和外婆打招呼呢。人工之外，也用机器，主要是初级加工。机器划过竹子的声音特别尖和细，刺—刺—刺，拖着慢慢慢慢轻下去的声尾，传到河这边来，静岚站在水桥头也能听到。水桥头和老屋之间连着小石子路，石子路到河边排了三条麻石，一阶阶探向河面，有时河水漫上来，漫过最后一级石阶，一脚踩下去不小心很容易脚底一滑，就滑进河里了。静岚小学四年级时就脚底一溜落进河里了，她是来看父亲在水桥头钓鱼的，看着看着，把自己看到河里了，幸好就在河滩边，水不深，旱鸭子的她使劲往上爬，大人们在水桥头拉，水滴滴答答从静岚的身体上滴落下来，父亲的鱼是钓不成了，他有些生气，可又不能发作，一家人骑脚踏车闷声不响回西大街。

脚踏车是父亲去乡下前在楼下水杉树旁细细擦过的，黑色 28 吋永久牌，虽是旧了，上了机油的每个部件幽幽发光，父亲还弄来了永久图案的贴纸，贴在三脚架的立管上，一根根辐条精心去污擦亮，链条一节节滴上油，其他部位当然是不会放过的，好比是给脚踏车做了一次全身保养，看起来好看，踏起来脚下也轻松。静岚觉得父亲蛮喜欢做这件事，隔几个礼拜的礼拜天，总要拿着小滴嘴的缝纫机机油瓶，抓一块专用旧布头，到楼下彻彻底底擦一次脚踏车，擦完后，立起身来，摇一摇脚踏板，车铃嘀铃铃打几声，机油润滑过的铃声显得特别清脆润泽，不像锈牢似的闷闷的，西大街上有时也有白衬衫藏青裤子的年轻男人骑着脚踏车，看见年轻女人在眼前走着，一串串响铃响起来，龙头一歪，身体往前一冲，窜到女子前面，白衬衫的下摆从裤腰里窜出一截，过了一会，男人会慢慢放直了身子，头甩一甩。

现在，脚踏车还是发着幽幽的光，可是幽幽的好像不像从西大街骑出去时那么发亮了，父亲也是没声气地踏着两只脚踏。落进河里，鞋子当然湿了，静岚赤脚坐在脚踏车前面的三脚架上，裹着大人的衣服，光的脚随着脚踏车荡发荡发，耷着脸，不说话，也没话好说，自己一场惊险，心别别跳，也扫了大人们的好兴致，没有多余的袜子，只能这么一路赤脚回家。可是，在去河边之前，还是很开心的氛围，八仙桌上铜手柄的瓷器茶壶里盛着大麦茶，倒在粗瓷碗里，咕咚咕咚地喝，茶水滚在嘴唇上，手一抹，爽气。茶壶上画着柳条和小人儿，线条稚拙，与旧木八仙桌、炭黑的泥地一起，看起来都舒舒服服的。

从此，静岚好像就是学不会游泳似的，大学里体育课，在游泳池里上课，憋气打脚，突然就抽筋了，好吧，就不学了。看到水，静岚想起手忙脚乱从河里爬上岸的那一刻惊惶，还有那种意外事件搅乱日常生活时人的真实情绪，人是多么不喜欢面对意外啊，在担心的背后，大概总也有些自己的生活秩序被打乱的抱怨的，无论那个人和自己多贴近。

村子和逝去的人

落水事件倒并没有太多影响静岚跟外婆去乡下的心

思，她还是喜欢去乡下的，年少朦胧的意念里，去乡下是可以暂时脱离平时的生活轨迹的，好像铁轨岔个道，去了别地，看到些别样的人和景，暂时得了安慰。何况，乡下离西大街也不远，一天可来回，若是住一晚的话，就好像是大人出差一般了。出差，去比上海还远的地方，汽车火车，啊，对，偶尔还有飞机，毛巾牙刷肥皂替换衣服人造革旅行袋，细细索索的一堆，却两眼发光地收拾着，好像出差不是工作不辛苦一样。几天后，大人们回来了，第一件事是从人造革旅行袋里拿出几包土特产，糕饼蜜饯之类，小孩子兴致勃勃地拆开来吃，其实没啥好吃，不过到底是异地买来的，还是兴奋。大人们第二件事就是要喝白米粥吃酱瓜，其实家里煤饼炉子上早就熬好一锅白米粥了，酱瓜也切碎了，小碗摆在碗橱里，另外又氽了一碟花生米，这些事当然基本上是外婆做的，看见出差回来的人就着酱瓜花生米一碗粥呼噜呼噜吃下去，外婆看着也蛮开心。大人们好像这时觉得出差到底吃力咯，一碗白粥舒服了胃，也唤醒了疲劳，换洗衣服一堆，等等再汰，困一觉最最要紧；然后，接下来几天出差趣闻可以有意无意地讲一讲的。

静岚喜欢到外婆的娘家走亲戚，去那里比棕芳桥远，倘若单单和外婆一起去呢，北嘉线加步行，石冈门下了车，进镇子，一条石板街贯穿南北，街上开着不少铺子，门板就排在店外，药铺饮食店杂货铺齐全，蛮像缩小版西大街。

外婆的妹妹住在镇子南头的一间老宅里，客堂间后门直通河滩头，宅子里还有屋中楼，像多年后的复式房子。说起来静岚应该叫外婆的妹妹姨婆的，但为了亲近，就叫她石冈门外婆。石冈门外婆的老伴家老底子是做生意的。外婆和石冈门外婆俩年纪越大长得越像，连说话动作也像极。外婆要去娘家村子，其实可以到下一站下的，这样还顺路，但她情愿多走点路，也要弯进石冈门去看看妹妹。石冈门外婆少时就到老伴家来做童养媳了，所以外婆心里有点代娘家人过意不去似的，其实石冈门外婆日子过得蛮好，对做童养媳也没什么怨怼。到了宅子门口，外婆敲门，事先也没说好，也没叫熟人捎口信来，来了就来了，先敲敲门再说。一般情况石冈门外婆总归在的，开了门，眼睛一亮，哎哟，姊姊，是侬呀，侬哪能来了？快点进来快点进来，吃碗开水。勿忙勿忙，顺路来弯一弯，还要到那边去呢。石冈门外婆晓得那边是啥意思的，哦，今朝勿好陪侬一道去了，去那里阿有啥事体啦。没啥没啥，去看看。说着，穿着灰蓝布大襟衫、束着蓝布作裙的石冈门外婆已经从大灶头上倒来了一碗开水，同时招呼静岚，来来来，静岚也吃口水，车子坐得吃力了哦，哎哟，越长越“趣”了。还好还好，静岚腼腆地笑笑，她晓得“趣”是嘉定本地闲话里“好看”的意思，“趣得来”“趣趣的”，都是长辈夸女孩子的客气话。静岚蛮欢喜石冈门外婆的，说话笑眯眯，做事体动作慢悠悠。她看着两个老太太闲言碎语一番，有时还要咬几句耳朵，叹几口气，静岚晓得肯定说到各自家里的烦心事了，她也只当不晓得，等外婆讲完起身继续赶路。外婆喝了水，讲了话，歇了脚，拍拍衣裳，好了，蛮好蛮好，伲要走了。石冈门外婆双手在作裙上搓了搓，转身到里屋里拿出点什么，外婆客气，有的有的，伲有的。拿去拿去，给静岚吃吃。静岚一边道谢一边看着两

石冈门外婆束着作裙，端来茶水，老姊妹俩讲闲话（韩王荣　画）

个老太太在那里推来推去的，客堂间顶上的天窗照下来一束太阳光。

好了，鸡蛋糕橘红糕什么的，两个外婆交换了彼此的心意，在门口别过。石冈门外婆挥着手，外婆也摆摆手。

有时呢，外婆也不进门，外婆塞给石冈门外婆一包柿饼或者几块炒米糖，老姊妹俩门里门外说几句闲话，互相招招手。

静岚跟着外婆继续赶路。还有不少路要走。走出了石冈门，走在村路上，要走很久，走过好几个村子，走过好几座桥，看过好多大片大片的农田，还有一两所小学校，早上吃的早饭早就不晓得到哪根肠子了，接近中午了，看到左面一条土路，路边有水杉树，静岚认得这条路，知道沿着这条路，再走个二十多分钟，应该就可以到亲戚的村子了。

静岚开始听到外婆和熟人的寒暄声了，走过来一个，认得的；路边屋子门口站着的老太，认得的；静岚看到外婆脸上好比春风吹过，皱纹都舒展开来，好像她从来

那时乡村，劳作忙（龚静　作·水彩）

没离开过这里，依然是这片土地的主人，连脚步也轻松起来。还没等静岚问外婆脚痛哦，倒是听到外婆问：妹妹，走得吃力哦，还有一点点路就到了，好坐下来吃饭了。哦，不晓得舅公他们晓得我们去哦。勿要紧，有好几家人家呢，哪一家都好去吃饭。外婆笑眯眯，回到老土地，胸有成竹。

走过村头的池塘，池塘边黄牛吃着草，土路一边老宅延伸，一边农田耕种，外婆一路招呼熟人过去，到了自家老宅，那种江南绞圈房子，两侧延伸客堂厢房，中间走廊一样穿进去，一个大天井，两侧厢房，跨进门槛，又是客堂间，后门对着竹园子。当中过道一侧一架舂米机，木头和石臼，用人工脚踩牵动木槌，木槌上下起伏间米粉舂成，不过到底人工还是吃力的，有了机器轧粉后，这台半人工半机械的舂米机后来不见了，不知是扔了，还是搬进了民俗博物馆。后来，静岚在各地的民俗博物馆看到类似的，想起去乡下时很欢喜踩上去牵动木槌，恍然日子其实已经不知过去了多久，那片宅子村落连带着农田也早就消失殆尽，转而矗立起高楼，建设起新城了。

静岚听到熟悉的招呼声，舅公舅婆，表舅表姨表弟表妹等，三大家子的人，在家的，从田里回来的，都跟外婆热络地讲张，饭一般就在小舅公家吃的，小舅公在马陆镇上工作，好像还是支部书记呢，有文化的，特地回来陪外婆，姊姊姊姊的不离口，好像他们还是在小辰光，舅婆个子矮矮的，圆嘟嘟的脸，脾气好，啥事都惹不了她动气，只是糯嗒嗒笑眯眯。两儿三女，大儿子过继给了后厢房的小舅公的哥哥，读了中专，后来到镇上做事，还做了个管事的官；其他子女也都孝顺。客堂一间，厢房两间半，后来又搭出一间狭长的房间给小儿子结婚用，当然，再后来造起来三层楼房，再再后来征地，住进小别墅。三个女儿嫁出后日子都过得蛮滋润。小舅公走得比舅婆早，舅婆和小儿子一家过，女儿女婿常来探望，笑眯眯的舅婆活到90岁。静岚成年后知道人一直要笑眯眯其实是不容易的，可能是天性，但过日子总归不会风平浪静，要一辈子都笑眯眯就不全因为天性了。

静岚，多吃点哦，没啥菜，饭吃饱。舅婆搛一块夹肥夹精的咸肉盖在静岚饭碗上，静岚晓得这块咸肉平常他们也不舍得蒸了吃掉呢，是亲戚来了才加菜。咸肉肯定也是舅婆自己腌的，咸淡正好，还鲜咪咪。大灶头炒的青菜好吃，是舅婆家自留地自己种的，粗盐爆炒，热乎乎的清香。大灶头烧的米饭也特别香，肯定特地烧的新米饭。每季稻子割下来，碾好新米，小表舅就会骑了脚踏车送来西大街，一大袋子，珠圆玉润的米。舍不得煮饭，先煮粥。到朱家姆妈家院子里打来井水，煤饼灶头上慢慢煮，那粥米粒见意不见形，可分明又是粒粒看得见的，粥影透出股淡淡的萤绿，仿佛染上了层玉的意思，吃起来没有小菜都香，倘若就点玫瑰乳腐，咸鲜加新米香，喝下一碗粥，细细的汗渗出来，鲜爽。

静岚和外婆的到来，好像也给平淡的乡村日子添了点涟漪。比静岚也就大几岁的小表姨彩彩说，来，静岚，我带你去白相相。走走不远，就是小河浜边，一只水泥船泊着。啪一声响，彩彩就跳上了水泥船头。静岚心里有点吓丝丝，不过也想试试。来呀来呀，不吓咯，彩彩伸出手，啪，静岚也跳上去了。站在船上看看河浜，看看河浜周边的农田村落，好像视野是开阔点的。上了岸，又去田埂走走。看呶，这个草好吃的，静岚见彩彩蹲下来拔了几根草，嫩绿，中间有如针状的细管，手指轻轻一捋，外皮剥落，露出白色的芯子，彩彩咬了一口，有点甜的，这个叫茅针呢，静岚你吃吃看。静岚舔了舔，是呢，微微的甜。很多很多年以后，静岚和文友们去山野采风，有时会在路边看到茅针，情不自禁想去拔一根来，不过想想还是罢了，就多看几眼茅针吧。

和彩彩白相回来，静岚看到亲戚们还聚拢着外婆说闲话呢，讲家事，问街上事。虽处一地，街上和乡下，有不少不同处。乡下人觉得街上人每月有工资，不要汗水涔涔劳作就有饭吃，开心来。街上人想城里开门七件事，哪样都要钱，乡下手头现金是紧一点，不过有块自留地，吃吃弄弄也蛮适宜。乡下人寻思街上人有单位分房，伲宅基地是有的，子女大了要讨媳妇还要自己造房子。不过，到了多年后，农田变新城，乡下起别墅，街上人反而要羡慕村民都住进大房子呢。街上和乡下，不同是有的，烦恼倒也一样多。所以，外婆和亲戚们闲话也讲不完似的。静岚听着，看着小舅公屋子前的水泥晒场，晒场前是村路，路边有小河，小河里泊着水泥船，河畔杂草丛丛，河对岸就是生产队大田，大田间有田垄渠道，远远地看不到边似的，天色一点点暗下来，大田慢慢蒙上夜气。

晚上静岚睡在老式架子床上迷迷糊糊的，被外婆拉起来，来，妹妹，起来起来，起来吃鱼汤。原来，小表舅晚上去渠道捉了鱼，连夜刮了鱼鳞洗了鱼肚，直接上大灶头烧，汤水鲜得来要落眉毛了。

静岚喝完鱼汤，路过前厢房，听到外婆和舅公在屋子里谈天，说这家说那家，口气里好像有些忧虑，大致是些各家的孩子这个要讨媳妇要造房子，那家大儿子和小儿子为了房子闹矛盾，外婆娘家三个弟弟家，家家都有一本难念的经。鲜得不得了的鱼汤实在也是难得有心思喝上一口。静岚想起见过几面的大舅公，每次来西大街就坐在门口一张小凳子上，两只手在膝盖上摩挲，胡子有点花白，眉头紧锁，发愁的样子。几个儿子渐渐都到了讨媳妇的年龄，房子不够住，想着在竹林那里给三儿子造间简单的平房，二儿子觉得吃亏了，他也急需房子，女朋友肚子里已经有了，等不得，闹来闹去的，摆不平，大舅公一时想不开，在一个雾气朦朦的早晨，大田和小河一片宁静，村子还在沉睡，雾气蒸腾在田头，甚或缭绕之感，倘若有文人看到，大概是要发一番“暖暖远人村，依依墟里烟”之叹吧，就在这样清新的冬日早晨，一个老人最后一次喂了村头牛棚里的黄牛，他走向大田里的一间小房子，房子其实是方圆大田村落的电配间，他准备了绳索，套进脖子。那就是大舅公。静岚那时尚小，只记得外婆和母亲从火葬场回来哭得稀里哗啦，从小丧父的母亲的童年其实就是在那个村落度过的，深受大舅公疼爱。表面平静的日常里如此绝望的死亡，在静岚年少的心里投下所谓其乐融融的亲情的背面影子。以后，多少次跟外婆到乡下，和家人一起去乡下吃喜酒或吊唁，看着日子不断好起来的家家户户，热闹喜庆的场面，三层或两层的楼房，灶头和沼气灶和液化气并存的厨房，渐渐还自力更生挖了化粪池，装了抽水马桶，终于不再倒马桶，隐隐间静岚好像总能看到大舅公紧锁的眉头，不由想事情如果拖一拖，即便吵翻天，又能如何呢？面子过不去，命在就好办。如果大家都能等等时间，又会怎样？

好吧，反正大舅公也听不到了，也看不到他的儿孙们后来越住越大的房子。

人走了，日子也在走。村子里的生活像门前的河水一样，按照生活的程序往前走。

在村子还是村子的时候，无论老式绞圈屋，还是后来新造楼房，婚丧嫁娶的做法是一样的。照老规矩办。静岚跟着大人来村子吃过好几次喜酒，表舅表姨表妹表弟，反正一家家吃过来。喜宴之前还有“走通”酒，那是恋爱火候差不多了，男方要到女方家与诸亲戚见面所操持的。然后，才有婚宴。一般女方是中午酒，男方是晚上的席面。老屋前前后后几天前就热闹开来了。操办人家当然得提前去镇上采办各种，自家的猪不够用，也得市场上买。厨师请好，八仙桌、长条凳、碗筷都借了来，自家客堂间不够做世面，前后左右的亲戚邻里都约好摆台子。门外的晒谷场上，雨布搭起了棚子，摊开荤素食材，架上大大的砧板，请来的厨师小工束着大围裙，忙碌起来；灶头间大灶旁的风箱更是拉个不停，柴是早就准备好的，三星灶眼眼都不闲着。

大棚附近还设有茶水炉，铅皮做的身子，上面冒小烟囱，下面烧木柴爿，有个小铜龙头可以接水，不时有专管茶水炉的老人注水添柴。这个也是风俗，叫“做茶炉”，管茶炉的还负责烫好热毛巾给接亲团擦，新郎接过热毛巾，还要意思意思一个红包给他，有时毛巾太烫，大半就是做茶炉的故意作难，那就再请支好香烟吧。当然，做茶炉的都是主人家请来的，一般总归是帮衬而非拆台的。雨棚、茶炉、厚厚的砧板、宽大的脚盆……望上去，喜事的势头已经出来了。不管手头有多紧，这排场是每家都要做出来的，也不管酒水是丰盛还是简素，闹闹热热的氛围还是要渲染开来的。来吃喜酒的亲戚村人们，客堂间坐着闲聊的有之，倘若天气好，更多的欢喜拉张长条凳坐在晒谷场边，孵太阳嗑瓜子讲白话。

若嫁女，总要叫上一些人陪着新娘子去男家，伴娘成员有新娘小姐妹和亲戚组成。静岚常常被叫去当小伴娘，从十岁开始，几个表姨的伴娘团都去凑了热闹。女家吃完了中午酒席，新娘就要开始准备了，男家的接亲团通常在下午 3 点左右到。一般总是女方这边要晚点走，所谓嫁女娘伤心，再说姗姗来迟也显得有身份；而男家那边当然希望早些接，吃酒席的一大拨人还等着呢，大家好像都还要争这么点面子似的。接亲团来了，新娘和母亲总有些眼泪要流一流，然后在鞭炮声中，新娘坐上了新郎推的自行车（得到 1980 年代才有轿车来接），是辆新的 28 吋“凤凰”或“永久”重型自行车，其他接亲团的小伙子们也一律骑自行车，分别坐上伴娘们，于是，一行自行车队簇簇新地在亲朋村人的注视下从田埂道上远去。

到了男家，又是鞭炮，还有跨稻草火堆，是风俗，一说是祝福日子红红火火，一说是给新娘的考验。酒席上敬酒点烟是自然，但新娘也时有收获的，男方家的姑姨婶婆等长辈亲戚们给了新娘“见面礼”，称之为“叫人钿”，好像亲戚们和新娘就此是一家人了，新娘这一声叫，可真是很有价值。这是当时农村的规矩，由女性长辈付，有的老太为了在小辈婚礼上付“叫人钿”，平时可得省吃俭用的。

晚上闹新房前，还有道手续“开箱子”，新娘把嫁妆箱钥匙给婆婆，婆婆当着几位老长辈的面，打开樟木箱，一般婆婆就象征性地取出毛线衣料等物示意，其实农村里讲究10条12条缎子被子等已经叠放在婚床上了，那些老人也就是依了老规矩过个眼，通常赞几句，这算是仪式结束了。新娘和新郎当天一般是不同居新房的，而是伴娘陪着新娘就寝，所以，等一切闹腾结束，才可以安定下来。第二天是“回门”——回娘家，吃了早饭，等自家或亲或表的兄弟来男家请，就可上路了。兄弟来请，这是风俗，也不知为何必如此？大概是旧时所言嫁出去的姑娘泼出去的水，于娘家而言，新娘倒是客人了，所以该请。镇上人家不怎么执行这些规矩，但在农村很讲究，如果没有娘家兄弟来请，新娘是很没面子的。

静岚体验着这些规矩仪式按部就班地做着，一开始是觉得新奇好玩，不过众目睽睽之下这样那样着，觉得也蛮繁琐的，有时候好像也就是过过场罢，并不入心，不过没有这些老规矩呢，又似乎婚礼场面不够热闹，和平常日子差不多，不那么特别了。也许过日子还是需要一些仪式的吧，有了仪式感，重复的日子似乎就生出些期盼了，人活着，好像有时候就是为了这样一些期盼和念想。这些规矩其实慢慢随着生活环境的改变也改变了不少，当村子消失，村民们住进农民别墅公寓楼，自家自不必摆场面做酒水了，大家都到乡村食堂红白喜事，食堂很大，二层楼，一层圆台面可以摆三十余桌。乡村生活环境的变化，风俗伦理也随之而变，伴娘团、开箱子、回娘家等婚礼习俗也不再执行了。村和城的空间关系已然无缝对接。

从七八十年代，到九十年代，再到21世纪，静岚少而及长，看着村子从老式宅院，而二三层小楼，再到迁至乡村别墅，三层楼的独栋房子，瓷砖贴面卫生间，煤气热水器厨房，进门换拖鞋，上楼有宽带，布鞋上拖着泥块的日子那是什么时候的事了？仿佛就在眼前，似乎已经很远。村子里的人也不再集居，不说乡邻们，就是

老屋竹篱菜畦（乡村印象·龚静　作·水彩）

家族里的，都分散在不同小区。其实在这之前，村里的年轻人早就离开了村子，大学大专或中专，毕业了都在镇上乡里工作了，有的还做了国家公务员——吃公家饭曾经是老一辈村人的向往啊，买了商品房，接了父母来住。没有了农田的村子当然不复存在了。锄头铁锴仿佛文物，黄牛都牵到哪里去了？静岚晓得其实村民们是欢喜住别墅不种田的生活的，种田多少苦呢，腰酸背痛，汗流浃背，一年收成赚不到几个活钱，还是九十年代种香菇养鸽子搞副业，手里才多了活络铜钿。乡下的亲戚们也不再羡慕静岚他们城里的日子了，自家都也过上了，还别墅呢，比城里公房洋气宽敞多啦。要有心思呢，别墅院子里还可以种点蔬菜啥的，吃个新鲜。“现在乡下人不一样喽，吃好夜饭，在小区里健健身，跳跳舞，唱唱歌呢”，很多年以后，静岚见到表舅妈，当年她的婚礼还历历在目呢，原来的少妇已然花甲，早就晋级为外婆，神态精气神比年轻时反而好，曾经草帽下黝黑的皮肤也白了细腻了，静岚和外婆去乡下时见到表舅妈，常常是她一身汗水地从田里干活回来，露出的笑脸难掩疲惫和隐隐的烦，擦把汗来不及坐下来歇一歇，厨房的活还等着她相帮。后来表舅做了社办企业负责人，她自己进了工厂，高中毕业的她也蛮好学，学了会计。随着村子整体拆迁，自家别墅造好，表舅妈心情越来越开朗了，工作家务里外忙，忙起来欢快。她对静岚喜笑晏晏地说："伲院子里种了竹子，花花草草的，平常吃吃茶，不要太舒齐喔，侬抽空来白相啊。"

少年时代随意走着走着就到乡下的日子自然不会有了。乡下也消失了。静岚明白也不能随意到亲戚家去白相的了，即使是彼此感情融洽的亲戚，要见面，预约、择日，彼此盘算礼物和招待，再不会如老早那样随意的，来了，你提点点心买几只苹果，我添块咸肉，氽盘花生米，炒只小葱鸡蛋，见面就是开心。开心也还是开心的，静岚看到表舅妈，还是会想起表舅尚未成家时夤夜捉鱼煮鱼汤，深夜鱼汤的那种鲜似乎很久没有尝到过了。也不会有了，田埂渠道早就消失在别墅公寓的地基下。

五、稀奇的方糖、大礼堂以及第二次握手

每年夏天，朱家姆妈的河滩头一如既往地闹猛，甜芦粟好吃了，葵花也好收籽了，朱家姆妈不晓得那个外国人凡·高画葵花，晓得的人那个时候也不多，葵花籽收下来，虽然不如新疆葵花籽，炒来嗑嗑也蛮好。新疆葵花籽是某种远方的盼望，每年春节前，就会有包裹寄来，静岚知道有葵花籽和方糖吃了，母亲的初中同学惠阿姨总在这个时候寄来。惠阿姨初中毕业报名去了新疆

石河子，结婚成家，丈夫是一起去的同伴，相濡以沫。惠阿姨老家就住在人民街上，每年回家探亲总要来西大街串门聊天，圆圆的脸，杏仁眼，说话爽利，笑声朗朗，静岚喜欢看到惠阿姨，好像带进来一股爽朗的风，吹散那种日复一日的黏滞和灰蒙蒙之感，新疆惠阿姨在糖厂工作努力积极，人缘也好，日子过得蛮舒心。三个孩子长大后回上海读书，又回新疆工作，各自的命运也起起伏伏，惠阿姨的大眼睛里流了不少眼泪。那是西大街以后的惠阿姨，至少，在西大街的时候，惠阿姨和葵花籽一样过得饱满和脆香。

大颗粒的新疆葵花籽吃起来特别有满足感，年前炒好，春节里每天吃一点，好像就每天有期待似的。和散装白糖比，雪白的方糖仿佛就是仙女，岂能随意吃呢，一块小方糖掰成两三份，甜甜唇舌，方糖真的比绵白糖细腻鲜净啊。电影里看到的，三四块白嫩嫩的方糖盛在金边瓷罐里，一双手提起不锈钢小夹子，夹起一块，缓缓放入茶杯，咖啡或红茶，接着小调羹轻轻调一调，手指捏住小小的杯子把手，送到嘴边，抿一口，再缓缓放下茶杯，不是为了喝多少，好像就是要这个姿势呢。在老底子上海滩的咖啡馆，特务、地下党表面轻松地喝着咖啡，小调羹在杯子里慢慢转慢慢转，身体和眼睛却是严肃认真紧张地审视着周遭。静岚看到电影里的方糖和惠阿姨送来的几乎一致，再口含方糖时，好像多了一点什么似的。是什么呢?

看一场电影是多么欢乐的事体，头发梳梳好，穿上清爽的衣裳，夏天拿把折扇，冬天大家在一起看倒也暖和，最好还要买点甜的咸的，看电影呀，难得的，隆重的。从西大街走过吊桥头，走过人民街，再到城中路小转弯，再到清河路，到县人民大礼堂（好像啥个地方的大礼堂都叫人民大礼堂呢）才可以看电影，不是平常走来走去路过，是先买好票子，再到辰光去看，不能随随便便的。从《闪闪的红星》《小兵张嘎》，到《卖花姑娘》《小街》《庐山恋》《追捕》，去人民大礼堂是揣着盼望的。看完《卖花姑娘》，大家走出人民大礼堂手绢还捏在手里，“买花吧，先生，请你买一朵花吧”，同学邻居都看过，课间休息时调皮的同学想以此打趣，好像也引不来笑点，配音演员的声音实在太揪人心了，温柔得像糯米汤团，又凄美若冬日寒风，以之来开玩笑不作兴的。不过，好像看看卖花姑娘，大家觉得自家的日子虽然买米也要配给，饭还是有的吃的，于是又蛮平静地度日着。

留着长辫提着红灯的铁梅也是在人民大礼堂里看到的，临行喝妈一碗酒的唱段静岚不会唱，不少熟悉的陌生的人都蛮喜欢唱的，调子高亢，很激动人心的，“浑身是胆雄赳赳”，雄赳赳三个字哪能随便唱完了，赳赳着调子上去，听了好像真想去干点什么平时不敢干的事啊。不过，静岚还是喜欢看看铁梅的长辫子，黑亮亮的长辫子，甩在背后好看的。唱是不会唱，但大家对铁梅手里提的红灯好像都来了兴趣，不晓得从哪里流行起来的，就晓得小孩子们聚在一起用上小下大的药瓶盖头和红纽扣做只小红灯，大人也参与进来，帮小孩子在黑色药瓶盖头中间钻个洞，这样纽扣就可以用线穿缝过去了，小孩子手指捏着这个小得不得了的玩意，蛮有成就感，小姑娘再作势甩一甩小辫子，眼睛圆睁，嗯，阿像李铁梅？阿像？大家嘎嘎嘎笑一阵，像复习功课一样，又复习了一遍《红灯记》。小红灯做过几只也就不做了，小姑娘的心思又转向《杜鹃山》里的柯湘头，一样的短头发，在柯湘头上就是有那么点不一样，当然主要是杨春霞好看，那些革命斗争的剧情到后来还真都忘记了，就光记牢“柯湘头”了。静岚的年纪呢，剪柯湘头不到辰光，不过西大街上倒是多了不少走来走去的“柯湘头”。

开大会，放电影，走到人民大礼堂门前那块广场，好像就与平常琐琐碎碎的日子稍微隔了那么一小步，两用衫口袋里还揣着两粒水果糖，心里的小雀跃就在灯暗了以后的大礼堂里跳动，无声而肆意。

全县各种各样规模大点的会，都要到人民大礼堂开的。除了放电影，一些大型的演出也是在人民大礼堂的。静岚在这里看过嘉定锡剧团的《双推磨》，寡妇苏小娥和长工何宜度相识相助相恋的故事，尤其夜半男人帮女人干活磨豆腐，女人感动感怀，两人边干活边拉家常，情愫渐生，锡剧的唱腔听起来糯嗒嗒，男女主角模拟着磨豆腐的动作，来来回回，你一句我一句，豆腐磨完，彼此也互通了心意。锡剧团的当家花旦姓袁，那时走在城中路上会被人认出，不过不是粉丝时代，也就是大家平日里闲谈几句，知道名字，哦，原来她就是演双推磨的那个啊，如此而已。静岚后来听说锡剧团解散了，流行歌曲来了，电视时代了，娱乐活动多起来了，人民大礼堂都渐渐荒芜了，锡剧的唱腔哑了。

从西大街走到人民大礼堂看的最后一场电影就是《追捕》，啦啦啦，杜丘和真由美，骑马飞奔，真由美长发飘飘，杜丘高冷沉着，飞奔啊，飞奔的感觉真好。像风一样飘荡，像风一样撞开封闭的心怀，好像女人和男人就得这样才最符合美学。当然，这不过是一个画面，潜入内心，很多年以后也许发酵成某种情感审美，也许最后只是一个想象中的画面罢了。而此时的静岚，心中所系是高考，真由美的长发像是安慰，安慰一下紧张的神经。看完《追捕》后没几天就是高考日。高考好像也是一个飞奔的姿势，以静态中动态的方式。静岚记得高考教室里特大的冰块，电扇空调一样也没有的教室，大冰块晶莹剔透。

自然，静岚一直记得在人民大礼堂报幕的那次尴尬，红丝绒的裙子后摆折上去了，然后下了台找不到自己的裙子换了，只好红丝绒红脸蛋回家，人民街、西大街真长啊。记得从西大街走到人民大礼堂去看电影，去参加全县学生大会，还有特别的1976年，全县的中小学生戴着黑纱别着小黄纸花排队到人民大礼堂，在哀乐声中一起追悼毛主席的逝世。和人民大礼堂印象还有关的是手持纸质的花朵排在会堂门口说“欢迎欢迎”，大概是欢迎贵宾来开会，劳动模范？静岚不记得了，只记得脸上被老师涂上红胭脂，穿着白衬衫花裙子，手举着纸花，摇晃摇晃，身体其实是累的，但是心里还有点雀跃，选不上的同学还要不开心呢，这样的欢迎欢迎一年一年地在以后看到，已经不是小孩子的静岚总是别过头，觉得好像突然一阵冷风过，皮肤起了疹子似的。

人民大礼堂旁边还有间叫军人大礼堂的，茅草屋顶，透着简陋，内部和大礼堂差不多大，但凳子是长条凳，天花板也不像大礼堂那样有特别的吊顶，而是横梁穿露，顶上的灯自然也直直地垂下来，大礼堂的灯则是吸在顶上的。在人民大礼堂边上，军人大礼堂的模样明显的草草将就的意思，是能节省就节省的感觉。所以军人大礼堂里开的会规模似乎总比人民大礼堂要小点，全县大会就在大礼堂，全校的一般就军人大礼堂；县锡剧团的演出在人民大礼堂，一般的群众文艺演出大多就放在这个军人大礼堂。静岚小学时在军人大礼堂跳过舞，学校里的演出，初中时在里面唱过歌，只是唱的是一首不完整的歌，哪首歌呢？成年后的静岚根本记不得了，也不想记得了，站在礼堂的台上，唱到一半忘词的感觉有啥好记住的呢，也不知道当时哪能在音乐老师的手风琴声中哼哼唧唧混过去，只记得军人大礼堂的屋顶好高啊，舞台上的灯好刺眼，台下的笑声是顾不上了，总之仓皇而退，两圈胭脂热辣辣的。

音乐老师是个三十岁左右的年轻人，右半脸还有点坑坑洼洼的，像青春痘留下的疤痕，平时待学生蛮客气，在城二中办了一个乐器兴趣小组，还叫静岚去学柳琴。那天音乐老师拿出月琴和柳琴，月琴圆润饱满，柳琴纤细若古典美女的脖子，静岚一眼看中了柳琴，其实她明白自己的小小的念想，就是那个小学时未能圆的小提琴梦，大眼睛的少年宫老师看一眼小手指，就淘汰了静岚，那么此时轻盈的柳琴似乎可以还愿。乐器之外，音乐老师还教大家唱歌，期末的演出特地请静岚独唱，放学后弹着钢琴伴奏，让静岚跟着练声，其实静岚并不擅长唱歌，容易走调，音乐老师却很有耐心，弹着黑白琴键细心帮助静岚调整，几天后终于有点可以上台的意思了，却不曾想现时就出了洋相。什么科目的考试都不会考偏的静岚站在台中央唱到一半霎时忘了歌词，音乐老师的手风琴还在响，仿佛想唤起静岚一点记忆，舞台上的灯真亮啊，静岚哼哼哼怎么也续不上后面的歌词，觉得真是对不起音乐老师的用心，那种感觉似乎难以用羞愧一词可以解释，羞耻呢，自然也谈不上，但在当时的初中生心里总归是一个洞，从此静岚就基本不唱歌了，好像也隐隐地明白，一个人是不可能什么都做得很好的。不会唱歌，也没什么的。虽然当时闷了很长一段时间，后来静岚甚至放弃了学习柳琴。恢复高考，重点高中的全市统考新政实行，好像也及时补好了这个洞，毕竟还是考重点高中要紧呀。

1977、78那两年，粉碎“四人帮”后，市面上比往年是热闹多了，好像人的心里也活泛不少，有一阵群众文艺活动盛行演江姐，工厂里的美女帅哥组织起了青年业余演出队，军人大礼堂热闹了好一阵，经常飘出“红梅赞”，蓝布旗袍红长围巾齐耳短发，革命者江姐的形象在静岚看来其实也蛮时髦的，爱美的女青年穿戴起来，画上剑眉，抹上红唇胭脂，在红梅花儿开的布景前上台亮相，红装和武装皆备的。静岚有一天路过军人大礼堂，红纸的演出招贴上闪现一个熟悉的名字，是原先住203室的那家女儿呢，依稀记得的，高个短发长圆脸，蛮适合演江姐的。

在嘉一中的高中两年，静岚是天天路过军人大礼堂，毛竹草棚棚的样子也几乎不变，有时放电影，有时有些演出，但静岚几乎没有再进去过。总是厕身于人民大礼堂的军人大礼堂不咸不淡地在那里，慢慢地，也不知哪一年就拆了，拆了，原地起了商场。

礼堂的时代退后了，商场走到前台来。

其实，静岚对大礼堂有一种既向往又矛盾的心情，隆重地到礼堂开会看戏表演，好像给过日子点了唇膏抹了胭脂，暂时好看又兴奋，常常又会有种延续感，慢慢给接下来的日子裹层糖衣，但是，隆重华丽之后，一阵掀凳子翻椅子的声音，大家蜂拥而起而走的场面，却又是溃败的，隐隐地终于解脱了的感觉，撤掉红丝绒台布的主席台桌子露出黄渣渣的旧木色，孤单地等待工作人员搬下台，小学生静岚曾经坐在那桌子前发过言，往下是不敢仔细看的，只略略地瞄一眼，老师说不要怕，照着稿子念就行，念了几次，静岚学会了边念边抬头，还懂得句子和句子之间适当的停顿，好像蛮老练的样子，其实只有等念完了心脏才跳得和平时一样。红丝绒的桌布衬上黑色话筒灰白稿纸，和放在八仙桌上的感觉就是不一样啊，但是，黄渣渣的木色，哐叽哐叽地被拖下去，静岚想起天壤之别的成语，走到大礼堂门口，回头再看看高出座位席一大截的主席台，好像有种赶快离开那种搭出来的隆重庄严的感觉。

炼红小学也有个这样的主席台，不过是操场前面那个高台子，大家不叫它主席台，却称之为司令台。听起来威风飒飒的。还似乎经常威严的空无一人，小孩子们只是在它下面玩耍。偶尔调皮的男生走两级司令台侧面的台阶，也只是浅尝辄止，刚踏上水泥台面，很快就抽回了脚，似乎那水泥浇注的地面会咬人。胆子大的男生也有，故意从司令台这头走到那头，端着小小的身架子，可终究绷不住，还未到边上，吐了舌头，飞腿下来，回头一看远远地有个老师走过来，几个人赶紧撤了。

一种不严自威的傲慢似乎在司令台周围划了金箍圈。让人知道就是一个水泥大墩子，台上台下也分野立判，不能随便造次的。司令台的称呼里隐喻意味深长，仿佛那东西高出一截。懵懂的孩子，刚进入学校，年少的心就感知了高低上下之类书本上不说的东西。

司令台的热闹总是出现在群体汹涌的场合。全校的学生集中在操场做广播操，这个时候在司令台上领操的那个学生，白衬衫蓝裤子，眼光炯炯，心里骄傲得不行，动作比示范还示范。司令台那几级粗糙的水泥台阶，看上去格外的矜持，一双黑布鞋小小地抖了一下，大步迈了上去。年底的时候，司令台排开一排座位，书记校长教导主任一一坐好，旁边竖起一杆话筒，等待表扬受奖的孩子在被叫到名字的刹那，心要跳出来，但知道不该笑，要严肃谨慎，否则大家知道你骄傲了，骄傲使人失败，天天说月月讲的话似乎是灵验的，何况正好让人看笑话。于是，紧着脸上台，不过到底是小孩子，哪藏得住，领了奖状转身，心一热，把司令台的台阶踏了空，差点崴了脚。回到队伍里，再看司令台，身上似乎还留着那里的味道，边上的同学眼神复杂，羡慕嫉妒不甘心。司令台就这样让人有了界限。台下的人气旺盛红旗招展，衬托出司令台的众人瞩目，红光满面。如果歌舞，如果朗诵，如果发言，司令台洋溢着表演的洪流。静岚知道，上司令台之前要彩排，要演习，要好好准备，否则手脚不够用，口齿不伶俐，下次就站不到司令台上。然后，就在台下仰着脸。

可是司令台只有一个，面积也不大，到底站不了多少人的，当然，要比赛，要百舸争流，要万船竞发。司令台竟然也像一个比喻了。

静岚每次到人民大礼堂开会或者难得演出一次，看到主席台，就想到司令台，一样的台，高高的台。想着如果没有这样的台，又会如何呢。走来走去的，看到但凡礼堂、会堂之类能集中群体的地方，一个高出地表的台是不可少的。再后来发现哪怕圆桌会议什么，总也有个主次高低的。台上的座位也不是一二三四顺序就可以了，有讲究，有深究，以微知著，以小见大，内容平常，外延内涵博大精深。

司令台的少数，是台下多数烘托出来，否则如何司令如何群众；司令台的高，是需要台下的仰望的，就是制造也要制造出一个高度来；俯视大地，不是也需要恰当的高度角度吗。当然，倘若群体选择不站在司令台下，自然也不是不可以，可是是人就有毛病，不仰望一下心里没底，视野前空空荡荡一马平川，仿佛被丢弃的孩子，着了慌。觉得自己是被逐出伊甸园的“罪人”的后代呢，还好，知道有信靠，是可以拯救赎罪的好孩子。要不然，光靠自己，孤孤单单的，到底势弱力薄。虽然，老上不了司令台，心里也怨，但真要白茫茫一片了，无物之阵，人也不甘。

静岚记得有一张站在炼红小学司令台上拍的老照片，难得的报名照之外的一张照片。那天，体育老师正好拿了120相机过来，静岚正好穿着母亲托人从市区买回的天蓝色花纹背带裙。到司令台上去拍，体育老师说。于是，衬托着“好好学习，天天向上”毛体字背景，照片上的小学生双臂斜举，一个标准的关于学习、上进、向太阳的抒情姿势。背景的字很清晰，小学生的手势也大方向准确，人的眉眼却模糊。显然，照相机的焦点模糊了。

很久以后，静岚似乎还是不那么习惯在哪怕不是司令台的台上讲话，好像变成了一种心理疾患，总是一开始要着了慌，仿佛不该如此这般，讲的话真的有人听吗，真的需要讲这么些话吗，不讲又如何呢，有时也难免讲一讲，讲完了自己笑话一下自己，好吧，其实就是讲一讲的姿势，讲什么，在某种场合其实不重要。

好好学习（韩王荣　画）

新的影剧院亮相后人民大礼堂好像一下子就委顿了，曾经的中心，曾经的灯火，曾经的欢迎欢迎，都付与流水，其实尚未成残垣。静岚少时觉得无比敞阔的礼堂前广场，成为怎么看怎么暗淡的停车场。一直到 21 世纪第一个十年过去了，方方正正的人民大礼堂依然原地着，颓败的，被遗忘的，不为人多看一眼的，大概是尚未想好让它再成为什么，或者有些什么没解决。倒也好，在喧闹的城中路还有一处沉默，哪怕是被动的沉默。

其实，无论人民大礼堂还是军人大礼堂，总归是偶尔光顾的，偶尔看个戏，难得看场电影，参加文艺小分队表演一下舞蹈朗诵什么的。礼堂那样的屋子不是经常需要进去的。经常的自然是西大街的日子，细说起来若路边老屋墙脚的青苔，日日不注意，不经意地一看，竟也草色袭人。

放学回家，晚饭前，看几页福尔摩斯探案，是静岚盼望的，可是看完了看窗外渐深的夜色，忍不住会自己

《第二次握手》(图片来自网络)

吓一吓自己。书其实是手抄本，买到一本大家在流传的书不那么容易的，父亲借来手抄，蓝墨水钢笔行楷，红色横条的报告纸，一叠，细线装订得齐整。那一阵，父亲下班吃好晚饭，也不出去打牌，专心抄书。抄了《福尔摩斯探案》，还有口口相传的《第二次握手》。应该是七十年代中期的样子，距离《第二次握手》作者张扬1979年初正式平反有些日子，但他笔下描写的苏冠兰丁洁琼叶玉菡三人间的爱情故事，和经历了过往年代许多风云的知识分子的形象已经风靡华夏，火炬接力一般地流传，很多家庭都在抄着读着。这个故事正面解读起来是表现科学家的爱国精神，可是坊间热爱的其实是苏冠兰丁洁琼回肠荡气的爱情，相爱、分离、误会，重逢时一个已婚一个却还守着当年的山盟。爱情故事，从来不是父母和孩子们谈论的话题。小时候到楼下纳凉，朱家姆妈的二儿子走过来，看到坐在小矮凳上的静岚，就要打趣。侬阿晓得，侬是侬爷娘从垃圾桶里拾来的呀。一旁织着绒线衫的母亲哈哈笑，也不指责他，不过讲几句，侬又要来瞎七搭八瞎讲了。静岚知道是玩笑，可是这个玩笑好像是大人们之间的某种暗号，某种成年人嬉笑的特权，哈哈哈哈哈间，是有某种隐秘的东西的。静岚也模糊地晓得人大概是怎么来的，可是又如何说得清呢，也无法辩解，只好听任他嘻嘻哈哈开玩笑。静岚叫他朱师傅，其实其时尚未结婚，房管所做工人，人蛮爽气，肯帮忙，就是喜欢讲张，有点吹吹小牛皮的脾气，讲起大话来，不那么光滑的上嘴唇一扭一扭的。小朱师傅正在谈朋友，女朋友好像是嘉西大队那里的，所以闲话也特别多，大概朋友谈得蛮开心的。其实，静岚嘴巴上不说，心里清楚着呢。一次，和三两小伙伴到朱家姆妈河滩头那里白相，定要路过小朱师傅住的那间房间，好像听到啥声音，几个小孩子偷偷往直棂窗的窗口里张望，哎呦，好像看到小朱师傅和他的女朋友靠在床上嬉笑呢，又好奇又紧张，赶忙后退一步，不敢再看了。不过看也看到了一眼，女朋友的脸是瓜子脸。所以，有一次又听小朱师傅开玩笑讲垃圾桶垃圾桶的，静岚忍不住白他一眼，侬自己也是垃圾桶里拾来的。小朱师傅倒也不恼，笑得更大声了。

垃圾桶里捡来的玩笑话好像是大人们某个拙劣的谎话，小孩子有种被哄骗的感觉，可又分辨不出所以然，只好红着脸听完，心里倒反而朦胧地塞了一点心事。静岚看着周围，爱情故事好像从来是不公开讲的，不过到年龄了要找对象结婚，似乎又变得特别重大，中间的过程呢，发育，懵懂地怀春，荷尔蒙的蠢蠢欲动，只能暗流涌动。一年一年的，当然不再说垃圾桶这些话了，心事却渐渐发芽。静岚记得小学时读小说《林海雪原》，座山雕杨子荣当然是话题，可是好像同学们对白茹和少剑波之间的情愫更感兴趣呢，可是又不好意思多说，只恨书里写他们俩实在太少啊。身体在积蓄身体的能量，涨潮的声音却又是听不分明，只是影影绰绰地响起来，好像在《双推磨》的叔叔嫂嫂的对话中隐约感受些什么，在越剧《红楼梦》的“妹妹，我来迟了”的唱腔中又有意无意舒展着，大家抄着看着《第二次握手》，在科学家爱国的情怀中正好名正言顺地一唱三叹地移情，看完了，大人们心照不宣地对对眼神，赶紧传给后面的，孩子们呢，读了岂敢多讨论，偶尔在课间互相问一句你看过

《第二次握手》吗，还好1980年电影《第二次握手》上映了，女生们可以热烈地讨论一番谢芳扮演的丁洁琼那些好看的衣服，归国华侨，衣服就是不一样哦，两用衫胸前挖个省，西装领稍微驳头朝上移一移，上身就是好看呢，静岚还不知道那些“褶”那些“省”是所谓的公主线，或者枪驳领等，少女的直觉却是正确的，电影里谢芳的声音一点点哑，一点点酥，加上多年积蓄的情感，她那一声“冠兰”，叫得人感到心里一酥，康泰的苏冠兰稳重儒雅，他们之间没有身体过分的表达，眼神、手势、激动却压抑的隐约的身体动作，比其时的表面禁欲的社会是突破，可又在含蓄的分内，静岚成年后回想起来感觉好比一颗纯正黑巧克力的滋味，多说无益，只堪味蕾多重的碰撞回味。

在丁洁琼深情地叫着苏冠兰的日子里，西大街布店里的面料花色品种不知不觉多起来，灯芯绒也不只是黑红卡其色了，甚至有一种豹纹花样的，看得人眼睛亮一亮，静岚还真的有了一件豹纹灯芯绒的双排扣两用衫，母亲请了以往年底前来家做新衣的小马裁缝做的，高中生了，多了打扮的心思，衬上母亲手编的翠绿开司米毛衫，镂空扇形的花纹，领口露出两三朵小扇形，柔软了豹纹的硬朗。

父亲的手抄本抄得分外仔细，字是一定要好看的，纸是一定要干净的，装订时尺寸要用尺量的，做这些事的时候静岚觉得父亲是个用心的人，和发起脾气来全然不同。人的心理情绪实在是复杂的，是会瞬息万变的。有时候，静岚甚至想多几本能让父亲精心手抄的书，多好。

清清爽爽的手抄本上压着米色的有机玻璃镇纸，长方形的镇纸两端圆角，刻印着简净的竖条纹样。方桌的玻璃台面下压着线钩的台布，台布四角衬着几朵金纸剪花，台布也是自家钩的，买来最普通的白线团，静岚和母亲一起完成，线和线编织成连绵的花朵，四角特地多钩一些，垂下尖尖角，最后四周缀一圈小圆点，像一个个句号那般收尾；那种剪花静岚也剪过，反正随性，剪朵花的模样就好，方桌下是水泥地，扫起来得用硬质的扫帚，很多年以后静岚看到一些艺术家开始在无处不装修的时代里辟蹊径保留水泥地水泥墙，彰显所谓质感所谓未修饰的美感等等，想起在西大街住过的真正水泥地屋子，身上还是感到了冬天水泥地的寒冷。不过，玻璃台面下折射光泽的金纸花似乎还是可以像草编饭窠那样焐一焐水泥地的。

福尔摩斯叼着烟斗和华生探讨案情的时候，静岚不觉得屋子里暗了下来。勿要看书哹，吃夜饭啦，外婆端出咸菜豆瓣面条汤唤道，是她拿手的手擀面，咸菜是冬天里静岚一起踏的，豆瓣是春天上市时剥了晒干收在茶壶桶里的，热乎乎的烟气里就闻得到鲜味道，静岚想起前几天看完的《鲁滨孙漂流记》，想想一个人在孤岛上真正作孽，在歌曲里大海是蓝色的波澜壮阔的，可要是天天被大海围着，毫无着落，想一想简直无法想象，幸好还有礼拜五陪伴他，幸好最后回到了陆地。当以后静岚真的去看了大海，去乘了游轮，发现她的身心对大海有着潜藏的恐惧，即便在所谓的豪华游轮上，坐在舱房的阳台里看海，心里却还是希望遥遥地看见陆地，哪怕隐隐一痕，似乎也是安慰。是不是在水泥地的屋子里读了鲁滨孙，反而不那么向往大海了？也大概是棕芳桥那次落水的后遗症。人的身心里总是写着一些想突破却总是难以完全摆脱的符码，静岚在而立之年后渐渐地学会了去接受这些符码。

大海真的是要很多年后才真正在大海边看到，黄浦江总归不算的，不过没关系，看不到的东西反而诱发想象，静岚看福尔摩斯的那阵也迷上了科幻，阿芳姆妈家订了一本《科学画报》，每期几乎必有科幻小说，百慕大三角洲之谜，复活岛石头像猜想，外星人漫谈，时空隧道真的有吗，突然出现的消失多年的船只，等等，何其吸引人，像过年的红烧肉香气。红烧肉的香气倒不可能经常有，《科学画报》每月一本，期待有期。计算着差不多小峰姐姐看完了，静岚才去阿芳姆妈家借，一两天内读完，马上还给小峰姐姐，搁久了，下月借就不好意思了，虽然小峰姐姐不会说什么，总是不妥。这样速速地读，好处倒是可以久久地回味，做完回家作业，看着窗外朱家姆妈种的甜芦粟叶子在风中飘荡，却想着太阳系之外的遥远不可及，想着将来会发生些什么，想着人类的样子以后会怎样，只是想想，静岚觉得西大街其实是可以通向宇宙的，如果真的有时空隧道，真的有时空穿梭机，岂不是过去现在将来随便来来往往，现在能看到将来，将来能回到过去，想想简直开心煞了，当然，只能想一想，想完了，继续做作业，继续做家务活，继续准备考高中考大学，当然也不妨碍继续看《科学画报》，看《地心历险记》，看《未来世界》，科幻的趣味就这么一直暗暗保存着，保存到中年，中年时静岚看到的科幻小说内容早就不是西大街时候的科幻了，三体了，平行世界了，人工智能了，人体以量子存在了，何况西大街时的科幻不少还成真了，无线电话，电脑，载人航空航天，宇宙飞船，月球漫步，甚至都准备着到火星上看看了，连单细胞繁殖都实验成功了，当然关乎生命伦理，不过只是做一只叫多莉的羊，虽然 2003 年 2 月，这只史无前例的羊去世了，但引发的克隆想象实在很刺激很挑战人类啊，一样是哺乳动物，羊可以用乳腺细胞发展而成胚胎而生物，那么人呢？饮食男女，婚姻制度，社会文化……还怎么存在？会发生些什么？颠覆啊，幸好人类及时暂停，否则不需要上帝之手，人类自己将自己不知引向何方。其实，当静岚读着借来的《科学画报》，还真想着如果有时空穿梭机赶紧到21世纪看看如何，看看21世纪的自己是啥模样，21世纪的日子如何过呢，21世纪啊，简直已经很科幻了，何尝想就这么在21世纪中过日子了，高楼大厦了，地铁高铁了，还电子货币，还微信，还视频，还云计算，这云恰如天上的云，看得到，感觉得到，却风云变幻，图片文字数据那么多的真真切切的信息转眼就存在了某个云里，随时提取，当然，当然，个体肉身也好似科幻成了数据，福尔摩斯会想到21世纪有那么多探头吗，严密的推理没有用武之地，一个个探头连缀起来的影像，蛛丝马迹难逃，当然，探头偶尔会有盲区的，当然总归需要人的智慧，探头毕竟只是记录，细节的推敲还得让位给人的理性，不是还有没破的案嘛，只是在19世纪从仿佛寥寂的茫然中抓住吉光片羽，那样闪闪发亮的瞬间，大概也真的越来越少了。

西大街的日子看起来依然波澜不惊着，百慕大三角洲到底是在遥远不可及的地方，时空隧道到底只是在书上写写，在影视剧里演演，那些失而复现的飞机轮船毕竟只是记载传说，但是静岚觉得有些杳然的东西可以想想，像羽毛在空中飞舞，飘然，不知所终，却如此轻盈。如此每月看看那些可能和不可能的事物，好像从西门通向了许多其他的门。

六、紫色的百褶裙和田埂上的女孩

布店隔壁的那家邮局单开间门面，后门临着练祁河，水泥船来来去去的，邮局里也是人来人往，买邮票寄信的，买明信片的，买杂志的，偶尔也有集邮的人，买起邮票是一版一版买的，手笔阔绰，在旁人羡慕的眼神中慢慢踱出门，虽然这样的人不算多。邮局的一面墙上安着书报架，插着一本本杂志，《中国青年》《红旗》《解放军画报》，是比较正装感的；也有随意点的《青年一代》《辽宁青年》《儿童时代》，渐渐的，登了一张张好看演员封面的《大众电影》《电影故事》月月上架了，印着花草

20 世纪 80 年代《大众电影》封面（图片来自网络）

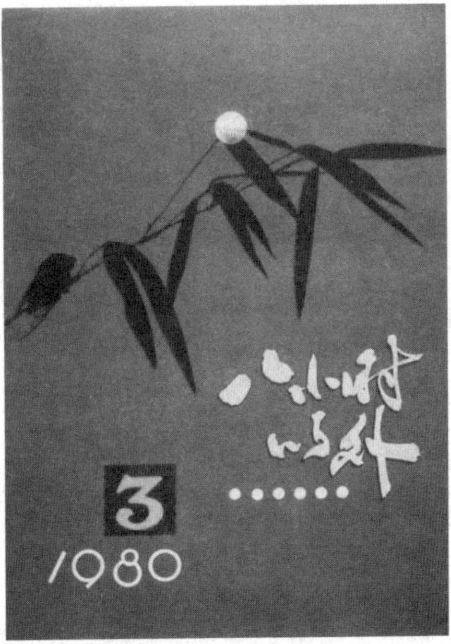

20世纪80年代《八小时以外》封面（图片来自网络）

封面的《八小时以外》也每月必备，《少年文艺》《少年科学》也是陪伴少年时代的，厚一点的文学杂志《收获》《十月》《当代》邮局也有，封面经常是涂得油亮亮的健身男女照片的《健与美》和这些杂志在一起，也妥帖得很。每个月总有新一期杂志到，每个月也就有了心念，小小的邮局不冷清。

柜台里穿绿制服的那个男人中午吃完饭，习惯捧着铝饭盒到门口的水龙头去洗，小木棍扎着抹布，像个迷你拖把，顺便饭盒盛了自来水荡一荡嘴巴，接着提起热水瓶泡杯茶，一搪瓷杯子，吃吃一个下午。不过，男人却喜欢将吃剩的茶水甩进河浜里，走到后门口，抛个小弧线，男人觉得心满意足地回转身。天天背后靠着一堆堆花红柳绿的杂志坐着，随手就可以打开一本翻翻，不仔细读，光看看演员照片，《庐山恋》的张瑜啊，《小花》中的陈冲刘晓庆啊，《大桥下面》的龚雪啊……男人每天大概也还蛮满足的。来邮局买本杂志，到底是生活的余兴，哪怕几角洋钿，心里也要盘算一下的。但是，到底余兴是兴，老街上红红绿绿的杂志销量总归不错，《八小时以外》在1980年的春天里创刊，一天八小时工作，那八小时以外呢，婚姻，家庭，恋爱，养花养鱼，编织绣花，静岚看到父亲蛮喜欢看《八小时以外》，隔三差五买上一本，创刊号肆角肆分的价格，差不多要少抽一包"大前门"，大前门三角五分一包十根，一天至少三四根，一户人家的香烟票，一个月也就只能买个三四包吧。静岚不喜欢闻烟味，母亲气管炎，最好不要闻，不过也无奈得很，饭后一支烟赛过神仙，这点享受父亲不肯放的，当然会到走廊上去抽，不过烟味哪里有眼睛呢。一包香烟几天烧掉了，一本杂志能看很久，看完一遍还好翻翻，《八小时以外》上还有怎样种花，毛衣编织图，实用。西大街的那家百货店品种在《大众电影》封面演员的注视中，也一点点多起来。细巧柔软的腈纶开司米到货了，嫩绿，却不乡气，静岚帮母亲绕成双股线，细竹针，一厘米一厘米的，改好作业的礼拜天，乘风凉的嘎山湖，手里不停，母亲织成一件镂空扇子花的半高领套衫，静岚穿在身上，豹纹灯芯绒双排扣两用衫领口露出V型的绿莹莹，仿真丝的米白小圆领假领头翻在毛衣领口，看起来蛮适宜，绿得不冲突，倒蛮清秀。假领头短短一截，套在棉毛衫外面，翻出领头，像穿了件衬衫，衬衫哪能可以经常买呢，假领头一个领一截胸片，便宜，还好翻花样，汰汰也方便，一般都是自己缝纫机做的，买点的确良仿真丝的零头布，领子部分的布当然要齐整些的，领子下面一截有时布不够，适当拼拼也是无妨的，穿在毛衣里面嘛，看不见的。当然，假领头是不能整体现身的，那真是要现世的。大概几乎每个人都有几件假领头替换吧，布店里专门有只柜台卖假领头半成品，静岚也有三四个假领头的，秋冬天里翻在毛衣外面，有的领子还做了馄饨边修饰，镜子里照照，嗯，当然没有《庐山恋》里的衣服好看，不过，好像也比老早好看点了。虽然看着《电影故事》里的演员，也想着要是抹点口红会怎样呢？百货店里好像有一种国产口红卖的，黑塑料管子，转出来一截大红色，到底还是不敢试。

初中到高中的几年，身体内外像西大街上春天的梧桐叶子，毛茸茸地，一天天生长着，宽展着，有时候心里又会像树上的刺毛虫掉到脖颈上，痒痒的微痛的，甩掉它，还情不自禁看看地上那一抹微绿到底啥模样。

连着几天午饭后，静岚不急着去学校，反正走到城二中也就十几分钟，还来得及看几页《爱，是不能忘记的》，父亲从单位借来的《北京文学》。抽屉台上还有当月的《收获》《当代》《十月》，这几本杂志不需要去邮局买。一个女人爱着一个其实很少见面的男人，为了见他，去他上班轿车开过的路看一看也好，去仅有一次两人散步的一段路走一走也好像呼吸到了他的气息，男人为了特殊年代结下的婚姻也只是在精神上守望女人，两人并未越雷池一步，但在心灵上却无比契合。爱的字眼在初中女孩心里翻腾，翻腾得胸口好像酸疼起来，酸疼到泪意没来由地涌上来，爱情可以如此相悦如此煎熬如此纯净，张洁写得缠绵而理性，语言传成的气息从八仙桌上升腾，飘然窗外，窗外那些每天走过路过的老屋老街旧河，好像都远远地成了背景，模糊中静岚觉得在日复一日的日子之外确实应该存在一些另外的东西的。静岚用力睁大眼睛，忍住泪水，假装眼睛进了灰，手指轻揉了下，偷瞄了一眼母亲，在八仙桌上烫衣服的母亲其实并未察觉，她全心全力地对付桌上的百褶裙，在下午上班前烫好。

紫色的的确良百褶裙，静岚的同学有一条，同学的妈妈是母亲同事，母亲也给静岚做了条一模一样的。裙子做起来倒不难，那些褶子一个一个烫挺得费工夫。午饭后，八仙桌上已经摊好了毡垫，一个个褶子先用线缝好，裙身铺在枣红毡垫上。铁熨斗烘在微温的煤饼炉上，湿毛巾擦湿褶子，热熨斗滋的一声，热气腾地一团冒上来，熨斗冷了，重新坐到炉子上，反反复复，笔挺的褶子虽不至尖锐如刀刃，也颇为锋利了，拆掉褶子上的线，松松一散，又细劲又飘然，母亲双手提着裙腰，左右晃着看。嗯，配上白衬衫，不错不错。母亲让静岚试试，静岚想着小说里的爱得那么辛苦的钟雨，心里不由茫然，没来由的不想试，可又晓得不能拂了母亲的好意用心，胡乱套在裤子外面裹了裹，嗯，蛮好蛮好。要么换了衬衫试试，母亲说。哎呀，要到学堂里去呢，来不及了，回来再好好试吧。

走在西大街上，学校门口的银杏树远远在望了，静岚心里还想着《爱，是不能忘记的》，想着那样的深情是怎样的感情呢。老银杏树下落了不少叶子，每年每年地飘然而落，时而间杂着粒粒白果，却难免被路人踩烂，走过路过的，也不把它们当回事的。

紫罗兰色的百褶裙配上白衬衫，静岚忍不住对着镜子前身后腰地转着看，瘦小的身体在百褶裙的衬托下有些膨膨的，小幅度地转一圈，虽然不像古诗里说的那样裙裾飘飘，到底也是沾了点意思。穿裙子是女生们要互相约了一起穿的，不然，就显得特别要好看似的，女孩子都要好看，却是要装作不要好看的。暑假里父亲要去市区办事，有小车接送，难得机会，静岚也就跟着去外滩逛了逛，穿上白衬衫百褶裙，在靠近外滩的一个小花园里拍了张照，照片里能看得见外白渡桥一角的钢架子，在外滩看到人，看到石头房子，看到黄黄的黄浦江上有些大船来来去去，其他只是依稀仿佛，大概这是穿着百褶裙唯一一次去市区吧。女孩子们穿起裙子，身体也渐渐显露微微的山水，有些事情发生着，比如体育课举个手含糊其辞地一下，体育老师也就心领神会地挥挥手，好吧好吧，不要出操了。比如知道了“老朋友”还是一个女生专利的代名词。女生们的穿着也渐渐地互相打量，课间休息时伸出手腕比粗细，粗的比较羞惭，细的面有得意，站着的时候看腿直不直，好像也是一个明里暗里较劲的小项目。夏天终于来了，明天你穿裙子吗，穿咯穿咯，波点花裙、碎花裙、条纹裙、素色的裙子，紫色的百褶裙当然特别显眼，女生们眼睛互相瞄瞄，有的是买来花布妈妈姐姐做的，有的是托了人从市区带回的，百褶裙虽然也是自家缝纫机做的，一条一条烫得笔笔挺的褶子随着少女的身体摇曳（对啊，真可以用用摇曳这个词了呢），挺直的褶子烘托了更多的柔软。

女生们穿着裙子课间休息时叽叽喳喳，男生们装作看不见，其实眼光瞟发瞟发，男女生在一个班级里上课出早操开班会，却是互相不说话的，明明天天看见，走廊里走来走去还要让一让，一张桌子共坐一学年，也是不说一句话的，桌子上有根有形无形的三八线，偶尔做题目胳膊肘碰到了，像被虫蜇了一口似的，同时后缩，又若无其事地写作业，男生会趁女生不注意时别过头望一望，45 度角也不到，很快很快赶紧别过去。静岚有一阵总觉得左面有眼光看过来，悄悄斜眼张一张，原来是隔壁座位上的男生，右手趴在桌上，头转向右边。静岚看见他好像是在睡觉的意思，可分明眼光朝她这里瞟着，又不能说他什么，可是被他这样看着真是不舒服，他不做小动作不讲闲话，老师也不会太注意，静岚无奈，只能正前方坐直了，右边是同桌的男生，左边是邻座的男生，头哪里都不能别过去，15 度角都不行。又无法说什么，什么也没有啊，可是空气中的眼光像夏天黏糊糊的风，只好一天一天地挨着。幸好，过了一阵，大概这样趴也趴累了，静岚发现他慢慢坐正了。

女生们议论着《小花》陈冲和《庐山恋》张瑜的穿着，翻领的角度、后背的腰身、直筒裤的宽窄，还不懂什么公主省、什么枪驳领、什么鱼尾摆，却是无师自通地揣摩着，《大众电影》的封面都翻软了，还存在抽屉里。初夏的时候，大家都是浅色衬衫花裙子，T 同学却是一条薄薄的米色裤子配丁字形皮鞋，裤子料子看着薄，却有筋

《庐山恋》海报（图片来自网络）

骨，细密的纹路，笔挺的裤缝，刚刚好盖到皮鞋面儿上，搭上白衬衫，静岚觉得T同学看上去有了点他日没有的味道，是什么呢？一时也难以找到合适的词语，多年以后，静岚才明白那多出来的该是女人味了，是青涩里添了点媚姿，好比简陋的日子里一径都是大麦茶的，突然喝到几口难得一见的明前绿茶，碧绿清透的，直润喉底。

T同学见三五女生围着，略略羞涩，难掩喜色，被问到裤子，就道是妈妈的裤子改的呀，料子好像是叫哔叽的。哦，哔叽裤子呢，静岚倒是听母亲和阿芳姆妈闲聊时说过，好料子，初夏时穿适宜呢，平常日子不舍得穿的，要出客去才穿呢。还有一种叫派力司的料子，常常染成浅浅的鸽子灰，是夏天的料子裤，母亲和父亲各做过一条，上班回来马上挂好，皱了会不厌其烦地烫一烫，毡垫、铁的熨斗、煤饼炉子，虽说不过烫烫裤子，操持起来可不方便。见静岚称赞裤子好看，T同学听了自是欢喜，正好班主任布置大家学农，要每人挑几斤草来交差，就邀请静岚几个去她家，“我们家后面就是生产队，挑一花袋草快来兮的。”T同学的家就在学校附近，是西下塘街的联排平房，屋子后面不远就是公社大田。

那天，喝了 T 同学妈妈倒的开水，略略坐了坐，四个女生就去了大田。午后的阳光照在身上呼呼生热，四个女孩席田埂而坐，身旁搁着几个竹篮子，稻田仿佛即将生产，饱满丰熟，风掠过，稻田竟是不惊波澜，只微微点头，好似单单等着收割的刹那。女孩子们的身体搁在稻田包围的一片野地，很容易就与稻田长在一起了。

草是不需费心寻找的，田垄里田埂上，羞怯的、粗壮的、披头散发的，什么样的草都有，回学校交差是十指捏田螺，稳当。不如先坐下来，吹吹野风。

翻出手绢吸一吸汗，耳鬓的头发茸茸的蒙上层汗湿，女孩的脸红扑扑的，似乎难得的野地劳作，莫名兴奋似的。坐下来，却先是短暂的沉默，仿佛眼前的稻田隐藏着无限的深意，稻穗低垂着，慢悠悠地晃动一下。

哎，你哪能还是穿着新皮鞋新裤子来的呢。啧啧啧。A 侧头看着 T 说，嘴角略略上翘。

哎呀，这几天一直穿么，刚才也来不及换呀。T 有些不好意思，这身行头成了话题了。不过，其实也开心的，丁字形皮鞋哔叽裤子别的同学没有呢。

静岚和P同学看着身上的布裤子，不由伸手摸了摸哔叽，柔软里似乎有点恰到好处的挺刮，薄薄的，透出爽朗，正适合这个季节。

哎，跟你们说哦，我们楼下新村里有家人家的小女儿出事了。T同学忽然想起什么似的，拍了拍裤子，坐下来，神秘地说。

出什么事。四个女孩好像都有了感应般，头凑在了一起，自觉地压低了声音。

说是跟一个男人在家里睡觉。后来被她母亲发现不对劲，才领她去了医院。

去医院干嘛。J问。十四岁的女孩子，有点明白，又不太明白。吃泡饭青菜的身体似乎还需要被风吹拂。

A是她们中最高大丰满的，你连这个都不懂呀，她撇撇嘴笑了一下，就是搞腐化、做人工流产，慢慢你就知道了。A显得很有经验似的。静岚突然想起有几次上课的时候，她偶尔回头，看到A的神色不大对，眼睛看着黑板，手却摸索着往下面塞什么东西，好像是手纸，白色一晃而过，A 的脸稍微红了一下。下了课，只见她直冲离教室六十来米远的厕所。

阳光照着，汗水濡湿了衬衫，她们的小背心映衬出来。静岚瞥了一眼 A，看到 A 的背心不知何时换成了细肩带的胸罩，是母亲戴的那种，似乎还细巧些。邻居姐姐也戴的，感觉穿了这种小衣服，就是大人了。

静岚知道女孩子的身体里面应该是有秘密的，否则外婆和母亲商量着给她做小背心时怎么就一边窸窸窣窣说话，一边笑得像揣着秘密的样子。这秘密正探出头来，从身体微微的变化中探出头来，挠得心里痒痒的。

女孩子都不说话了，她们看着前面，除了稻田和天空，没有其他的。可是，她们觉得有很多东西正在开始，女人和男人在一起就要去医院的事情，使她们好奇，也害怕。从来没有听大人说起过的，就看见他们鬼鬼祟祟地议论什么，看到孩子过来，就岔开了，刚刚还说着话的两个人讪讪地找个话头来接，脸上尚未浮去刚才兴兴头头的那股劲。

从大田走出来，沿着西下塘街去学校交草，T 同学踢踢沾了泥的丁字形皮鞋，静岚想假使这时有面镜子才好呢，在同伴们的搭襻黑布鞋、灯芯绒鸭舌头鞋中，丁字形皮鞋怎么看都是出挑。A却是伸开手臂，扩胸动作做不够似的，对着她们几个嚷嚷：下次带我看看你说的那个女的。静岚和P对视一下，没说什么，其实心里也想着，好像去接近一个跟自己将来有关的谜底。

挑了草，说了话，望了野眼，风吹过来，心里头的莫名思绪似乎也平复了些，身上的汗自是被吹过大田的风收干了。

初一结束的暑假，学校推荐静岚去参加科技夏令营，正是郭沫若“向科学技术现代化进军”的口号风靡之时，来自嘉定各地的学生们在城中路的一幢五层楼底层开会，夏令营揭幕。这幢楼说是属于光机所的，可是个科技重地呢，楼里屋子里是实验室还是办公室，静岚他们也都不得而知，只乖乖坐在底楼大房间里听老师报告，来的学生都是各个学校里选拔出来的吧，彼此也都陌生的，静岚略略看到有个姐姐有些面熟，好像是自家学校高中部的学姐，但也害羞，不敢上前招呼。这么坐着，听着，每人还发到一个万用电表，老师说接下来几天要用到的，万用电表静岚倒是看到过，楼下无锡伯伯做落地音箱必备的，电线两头搭上，电表指针忽左忽右，这下自己也可试试了，心里不免雀跃。可是，没有防备的，雀跃和难堪纠缠，就在开会几乎结束时，身体的秘密在万用表的指针晃荡中绽放。高中部的学姐观察到了静岚的尴尬无措，悄然携她出门。学姐是过来人，不多言语，大楼里一时也找不到卫生间，学姐就拉着静岚走出大楼，沿着城中路，不远就到了体育场，进了体育场的厕所，帮着静岚稍事收拾，轻言安慰。不开运动会的体育场平时人并不多，打打篮球的，跑道上学自行车的，没人注意到她俩。

体育场静岚平时除了学校开运动会来，倒是在这里学骑自行车，特地从西大街过来，父亲双手把着车把，静岚扭扭歪歪地骑，略略熟练点，父亲稍稍搭一下车后的书包架，看看静岚坐稳了垫子，顺了，手慢慢放开，几次来回的，倒也差不多了。体育场跑道宽敞，不少人都到体育场来学骑脚踏车。再熟练点，胆子大起来，静岚骑到环城路上去，28 吋的男式脚踏车坐垫高，踏板有时都够不上，但人骑在上面，好像视野一下子高了不少，耳边再吹过几缕风，衣服飘飘的，和走路的感觉就是不一样啊，好像人也莫名有了点想飞的感觉。可是，现在走在体育场，静岚根本没心思去看体育场上的人在干什么，只想着赶紧走赶紧走，赶紧回到家。静岚跟着学姐默默走着，从城中路走到西大街怎么那么远呢，好像走不到似的。像木偶般地走着，终于从人民街走过吊桥了，过了吊桥，很快就到了香花桥堍，学姐拉着静岚上了香花桥，下桥，正对着西下塘街的那幢青砖老屋，老底子是西门有名的晖吉酱园，静岚去米店籴米也总路过的，与酱园隔着窄窄的台硌路，是一个院落，门洞进去，像是个大宅院，不过已然各处人家的大杂院了，学姐家就在此，穿过细细短廊，进得一屋，学姐拿出自家衣物让静岚换了，换下来的静岚叠好放进书包，学姐一路送出门外，静岚上了香花桥回头望了望，院落大门关了。

后来应该在校园里见过学姐，可是考上嘉一中，以

学踏脚踏车（韩王荣　画）

后一路各自学业营生，再也没有见过学姐。只记得她中等偏高个，麦色皮肤，大眼睛。自然也应该搬离那个院落了。西下塘街的所有后来统统消失，变身为公寓小区，香花桥也因此断了头，在西大街的这头桥堍干脆封了，练祁河上已无香花桥。

夏令营自然没有坚持参与完。其实也无大事，可如此一来静岚也略受了些惊吓，好像身体的秘密伴随着人事的尴尬一起到来似的，再去夏令营做什么收音机，觉得也没意思，可惜了万用表，交了老师，静岚以后也很少使用这类东西了。

再过了几年，要高考了，在教科书的间隙里静岚忍不住还是要读读《收获》《十月》的，嘉一中的阅览室有。还是张洁，从《爱，是不能忘记的》到了《方舟》，却已经是质疑爱情婚姻的张洁了，三个受过高等教育的中年女子离异后，成立了一个寡妇俱乐部，彼此诉说表达，爱情、婚姻、家庭、事业、女性的自我觉醒和成长，遍布小说处处。十七岁的静岚对爱情自然已经不那么懵懂，回想起那次在大田里挑草时的谈天，A说到新村里姑娘

时光总留给人一个背影（龚静　作）

去医院的神神秘秘时眼睛似笑非笑的样子，虽然都已然明白，但书里写的情感和过日子听说的遇见的总是不同的，可是究竟如何呢，男生女生的眼缘好感，诸如此类，只是青春暗影里的点点闪烁罢了，总之其实也是惑的，男女间真的有至纯的情感吗，虽然读到那个叫波伏娃的法国女子写的《第二性》还要等上半年多，竟也觉得女子的身心情感总归还是要交与自己来认识理解才透彻吧。

《小花》里的陈冲去美国留学了，《庐山恋》的张瑜后来也去了美国，《大众电影》和《电影故事》上外国电影演员的照片也多了起来，慢慢的，静岚知道了奥黛丽·赫本、英格丽·褒曼、葛丽泰·嘉宝、格里高利·派克等等，当然高考前在人民大礼堂看的高仓健在《追捕》中沉默隐忍沧桑的模样自然也印在脑子里了。

田埂上一起坐过谈天的女孩们分开了，各走各的路，有的再也没见过，有的再见要到三十年以后了。

有一样紫色百褶裙的同学，一条街上走过的人，也都是各走各的了。

七、再会，再会

周师傅一家搬走后，来了杨师傅一家四口，彼此也都熟悉了，杨师傅的大女儿方圆脸，说话轻轻的，看起来慢悠悠，其实很有主见，她比静岚高一届，考上了中医学院，再见面时是在嘉定的一家医院门诊了，之后静岚就再也未见到杨姐姐，听说去了东瀛。虽然二层楼四户人家还是好邻居，可是一起做宁波汤圆的那种气场不复再有了，随着周师傅的搬离，大家其实都有些渴望离开，渴望去住抽水马桶新公房，渴望得比以往更加热切。

日子在这种渴望中虽然还是有条不紊地照旧着，可是有些事做起来不那么扎劲了，有些事也顾不上了，本来春末夏初的大家都欢喜弄来蚕宝宝的籽，养蚕。周师傅一家搬走后，静岚印象中大家都不养蚕宝宝了。以前可是把养蚕当成一件不大不小的细致活来做的呢。黑而密的籽，放在衬着棉花絮的火柴盒里，焐着，每天拉开盒子看看，慢慢有了蠕动的小白点，火柴盒是不够用了，已经备好了大盒子。桑叶也早已经到朱家姆妈的河滩头去采来了，一张张铺好，让小蚕宝宝安心居养。初夏的阳光说热呢，有些热了，但风一透，还是凉爽，不会溽热，采桑叶也变得像游玩活动，反正多走点路，就到了大田，田埂周边的，桑树不少，采来，洗净，擦干，铺陈在竹匾里，对啊，日长夜大的蚕宝宝没几天就圆滚滚的了，给它们一个竹匾的家，绿叶上慢慢扭来扭去的，静岚和伙伴们等着它们能结茧抽丝。其实，静岚看到这些白白的、软软的、动来动去的蚕，是有点吓丝丝的，有时蚕缠绕在一起，用手去分开它们，那手指总是抖抖豁豁地不敢伸过去，时常是外婆笑着果断地捏起来，静岚似乎对软体的扭动着的生物有种本能的排斥，就好像过年杀鸡，外婆叫静岚静岚来帮忙，帮我把鸡翅膀捉捉牢，静岚只好手抓住鸡的翅膀处，头看旁边，可是一种温热的跳动的手感毫不遮掩地传递过来，无法躲藏，那种温热，是不那么直接的热，却有种绵绵之感，像会痒痒地来挠你一下，但很快，鸡就不抖动了，温热一点点冷下去，幸好这时外婆已经把鸡接了过去，静岚赶紧洗手，固本肥皂擦了几遍，洗完了手，赶紧去做别的事，好像那种温热的感觉才会渐渐消失。

蚕宝宝摸上去却是凉凉的，又不是凉得透，总还有皮肤的那种沙沙感，只是那种蠕动的感觉总是使静岚抓起蚕宝宝马上放下，胆子小唻，哪能蚕宝宝也要吓的，外婆笑话几句，静岚也不响，以后若是碰到软乎乎的生物体，偶尔静岚装着胆子大一回，但终究败下阵来，人总是有些东西是命定的吧，静岚只好找个理由安慰自己。

蚕宝宝还真结了茧，雪白粉嫩的一个，握在手里像一抹奶油冰砖，却不会化掉，轻柔至极，从一粒粒黑籽，到白润蚕茧，虽然好像是应当的过程，静岚的手指回想起蚕宝宝那沙沙的柔软的凉意，恍然如昨。

后来几年大家都不起兴养蚕宝宝了，静岚和同龄伙伴们都忙着做试卷备考，蚕宝宝这样的物事早已成为童年往事了。

忙着考重点中学，接着铆着劲考大学，静岚好久不跟着母亲去炼红小学洗被单了，以前倒是隔三岔五要去的。每层楼就两处水龙头，一处一个，就在静岚家门口，朝水缸里存水倒还方便，不过这里大抵是用来倒马桶的，除此也就接点水用用吧；另一处有两个，有水斗，洗衣洗菜的，一层四家人家多在这里轮流用，所以，时间要错开，礼拜天自然常常告急，倘若要洗被单床单这类大件，一般都在家里大致洗好，再端到水龙头来清水过洗，可是总不免缩手缩脚的放不开手，水龙头那里也总归弄得湿嗒嗒的。若天气好呢，母亲就带着静岚携着这些大件们和肥皂粉去不远处的炼红小学洗。炼红小学的水龙头长长一排的，平日里小学生洗手洗饭盒的忙碌着，礼拜天校园里安静了，水龙头也安静着，沉着而空寂，在这里洗被单自然是特别爽快的，劳作好像也变得快乐起

出太阳，洗被单（韩王荣　图）

来，虽然洗完了不要说母亲，连静岚也觉得直起腰来是木而痛的，静岚主要是帮着母亲绞被单，清水过洗后的被单得拧干才能晾啊，静岚后来回想起来其实反正晾着，湿嗒嗒的也无妨嘛，可是那时候的人啊，做事一板一眼的，一条滴滴答答的被单好像标识出主人的懒惰似的，静岚和母亲两头使劲，从头儿中间，慢慢拧干水分，手腕着实要下劲的。礼拜天校园里都有值班的老师，母亲时而和同事聊天，手里也是不停。晾好被单，上下还得使劲拍一拍，抻一抻，看着被单服服帖帖的样子，才算完成。

到了下午再去学校，收被单。被单染上阳光的味道，晚上睡觉时，静岚觉得这一天过得蛮快的。

日子说慢很慢，说快也很快。静岚记得小学毕业的那一年冬天冷得异常，拿着奖状成绩单从护国寺路回来的路上，西北风呼呼响，人在风里得躬身而行。到家却很快吃到外婆自己做的“麻雀豆”点心，也就是面粉炒制的土点心，外裹一层芝麻，脆而香，吃着吃着，人也就暖了。好像寒风刮了一阵，就春天，就夏天了。台风照样在每年夏天准时报到，红灯牌收音机里传出熟悉的“台风正朝沿海海面”……电波里的女声平静而遥远，好像台风也蛮遥远的，不过该来的风还是会来的，只是有时来得弯弯绕，明明说好长驱直入的，结果却拐了个弯走了，好像这样的欲说还休倒成了夏日里的一种盼望，换换凉爽的口味，让炎热无可奈何地停顿下来，让位于台风刹那间的风光。

当然，台风也不会总那么温柔，在你以为它又擦肩而过时呼啦啦哐当一下，晾衣竿飘忽，衣服被刮得四处散落，关窗关窗，使劲拉住木窗，按住插销，风不甘心地在窗外呼啸，女人喊着小孩子回家，男人赶紧提着砖头上了屋顶，把简易棚顶夯实了，晾在外面的豇豆干六神无主地着急，邻居一把先抱了进来，那几棵水杉倒是很欢喜鼓舞，从晌午开始就晃悠不停了。好吧，好吧，台风终于来啦，不必每天听着收音机担心了。

雨噼里啪啦下着，静岚觉得在台风的狂暴中心反而是定的。没有要紧事的话，好像台风是给了一个休息的理由，不如说说闲话，做做闲事，虽然大人们不免担心着台风里菜价肯定要上涨一点的，可是感官却欣然地放松了。西大街上铺子里的喧闹淡下来，叮叮当当的白铁匠吸起一支烟望着门外，刚刚雨还倾盆着，这会儿好像没了力气，颤巍巍地飘忽。菜摊子的女人拣起了菜，台风里蔬菜的好价钱可不能错过。老虎灶的烟气是稀薄了，不过照看着锅炉的老头不急，台风一过很快要热火的，此时先把茶喝顺了。

台风里，暑热也突然消散了，似乎季节一下子换了。静岚喜欢换上布长袖衬衫，走到楼梯的窗户处，看看外面，水杉随风一阵紧一阵地晃。溽热的空气在台风里爽净了，吹在脸上凉而清鲜，像吃冰水绿豆汤的味道。这时，拿起母亲的毛线活织几针，竟然是别样的温暖，不是冬天里渴望的那种温暖，而是意外时刻的感官感受，是身体细微的感知被捕捉的那种欣喜。

很快，雨收了，台风也没多少余威可逞，卷起家什，走了。来也快，走也快的。好像急刹车过后的急放行，空气突然一热，门窗的插销吱吱响，人们忙着打招呼，出来打扫场地，重新晾晒东西，提着竹篮子紧着去买菜。

身体似乎还不习惯刚刚打开的感官，没有灰尘味道的空气一点点厚起来，怀念台风时刻的清鲜明净，长袖子有点不甘心，可是无奈汗自己不听话地渗出来，只好继续短袖子。静岚觉得夏日里的台风天，身体的感觉倒是比平日敏感的，似乎是要“引诱”身体沉睡的感官开关，模糊地感知着自然和人之间的缱绻对应。

这个时候，碰巧正好能分到四分之一的白雪冰砖，简直回味无穷，多半这天是父母发工资或者有客人来，静岚被差了去街上买冰砖，随身带着碗和毛巾。大冰柜就在食品店一角，铺着灰蓝色厚厚的棉褥子，掀开褥子，移开冰柜门，冷气腾地直冒。有时买一整块，二角一分，有时就买半块，静岚捧着裹了毛巾的碗，迅速地往回走，嗅到若有若无的奶油甜香，脚步更加快了。调羹一小勺一小勺地挖下去，冰砖留下乳白色的沙痕，舌尖在凉意中也渐渐乳化，碗里的冰砖吃到最后时常常就剩了一口甜柔的乳状物，端碗，仰头，让冰砖水滴入口中。此时的天气，不那么热得黏糊糊，竟是略略清凉的，奶香在难得的夏日清凉中，柔而不腻，给静岚带来感官上的发现，热和凉，恰如其分的比例，都不要那么饱和，食物如冰砖就不仅是冷饮，也不为消暑，是适合慢慢体会的物事。

台风过后，地上湿漉漉的，但还不至于泥泞，喜欢钓鱼的大叔们好像蛮喜欢这个时候出来挖蚯蚓，水杉周围那些泥地就是挖蚯蚓的好地方，静岚帮父亲也挖过，铲刀几刀下去，泥土翻上来，保管有一扭一扭的粗细蚯蚓混杂在泥土里，刀角将之一条条挑将出来，放在小盒子里。钓鱼的时候，只要将蚯蚓勾在鱼钩上，鱼竿一抛，放心等着就是。怕软体生物的静岚其实也是屏住气息挖蚯蚓的，好像以此来证明自己是不怕的，其实静岚知道还是怕的，不过忍住忍住，忍着忍着，好像真不怕了，但怕还在那里藏着。不过，潮湿的泥土气息并不难闻，静岚欢喜细细长长地吸一口气。

大雨天这块泥地真的就变成烂泥地了，虽然周边铺了砖道，布鞋鞋边不免沾上，才是清清白白的白边绗条，是经不起泥沾的，几次一洗，就灰了，黑直贡呢鞋面、

修棕绷藤绷（韩王荣　画）

白布条滚边，干净爽利的鸭舌头布鞋就不那么明净了，静岚常常想着住“一条街”那新公房里的人大概不会这样吧，可是，很多很多年后，走在高楼大厦之间的马路上，静岚想闻到潮湿的泥土味，实在很难很难了。

夏天，蝉照例在水杉树上叫着，修棕绷的人好像是有几年不在树荫下出现了，也许在家乡忙活吧，那些日子里倒是每年夏天来一回，“修棕绷嘞，修藤绷！”——边走边叫着尾音突然跳上去的声音，背着一大包棕绳的外乡男子从外路走进弄堂，他不急不慢，不东张西望，如果有楼上的人探出窗口叫住他，他才回过头来。棕绷从楼上抬下来，用四只凳子架好在场地上，修棕绷的就开始工作了，他很少言语，慢慢地穿棕引绳，除旧换新，加密旧了的棕绷。棕绷一般是用了一年以上甚至多年的，经过一个下午的修理，就是一张新的棕绷了。修绷人在午后的树荫下安静地工作，楼里的平房里的人上班的上班午睡的午睡，只有蝉声陪他。正好在暑假里，静岚有时和外婆一起下楼看看，有时是看自家的棕绷床修好了哦，有时就是看看外乡人怎么穿棕的。手艺好不好，一看就知道了。外乡人不太和人说话，只专心干活，听口音只知道他是浙江人或者江苏人，具体来自何方，住在哪里，无法知晓，只晓得是手艺人离乡寻摸活计，晓得明年他一般还会来的，棕绷总归要修呢。也奇怪，好像日子可以这样规律无比地过下去的，但有一天就不那么规律了，修棕绷的人不按时出现了，大家都在说棕绷好是好，不过太硬太笨重了，不如席梦思适宜，对了，后来有席梦思了，楼下大平房里就有人家用了呢，搬进去时静岚也看见了，米黄色的面子，上面一格一格的绗缝，厚厚软软的。至于再后来的后来，又说席梦思太软不适合脊柱，还是棕绷好呢。谁知道呢，蝉自顾自地叫着。

好像也蛮久没听到那个矮矮的老头闷闷的“鸡肫皮，甲鱼壳，有哦？”的声音了，鸡难得吃，鸡肫皮也攒不多，当然静岚帮着外婆杀鸡的那天，鸡肫皮肯定是要洗干净晒在窄窄的窗台上的。甲鱼在市场是很少有卖的，都是乡里人从河浜渠道里捉了来，一只两只的，站在西大街菜场边上，脚边放着一只小竹篓，甲鱼就在里面，安静地等着人来买，总归也卖得掉的。老头回收的甲鱼壳鸡肫皮是卖给中药店的，想必总有些收益的，否则那老头哪能常常来回走街串巷呢。不过，老头的叫声总是闷闷的，压着嗓子似的，大概甲鱼壳比较难收到，老头不过叫一声是一声，收得到收不到也是看老天，所以老头走起路来蛮快的，声音还拖着尾韵呢，人已经拐弯了。

1982 年的夏天，知了还在楼下那片泥地上空叫着，平常是觉得它叫得烦心的，听得像整天“热煞了热煞了”的，可是，这个夏天是不觉得了，热虽然还是热的，傍晚拖地，泼一盆水，水门汀都不够吸的，不过，静岚觉得大人们也都不怎么烦心，是啊，怎么会烦心呢，正是开心时候，搬离西大街的渴盼马上要实现了，静岚也考上大学了，邮差送来的录取通知书就随意插在楼下木制信插里，当然是早就等着的，不过没有什么高声呼喊之类，开心的平静。

静岚穿上了白底小圆点的圆领短袖棉布连衫裙，是母亲前几天裁剪缝纫的，外婆也在旁边出主意，就是一块简单的布，一个简单的款式，三代女子围在一起好像做什么大事似的，袖笼装得要服帖，还得挺括，才不软塌塌；腰线得位置合适，裙摆大小适中，要裁出弧度，迭能穿起来才样子好看。穿了连衫裙，坐在沙发上拍照，沙发是父亲亲手做的，人造革面，弹簧，棕，沙发扶手和四只脚是托了朋友到机械厂去车的，静岚还一起帮着理顺撕松座凳内用的棕条，自己做沙发的风气在西大街好像也是彼此传来传去的，一楼无锡伯伯家也是，无锡伯伯还自己做落地喇叭的无线电呢，写字台上电烙铁嗞嗞响。拍照的照相机是借来的海鸥 135，父亲年轻时是有台 120 的，也是海鸥牌，后来静岚和弟弟相继出生，开销大了，日子紧绷绷，120 就卖掉了。拍照要胶卷，调光，焦距，拍好了到照相馆冲洗，不是日常生活的活动，所以拍照好像是非要有个理由的。这次的理由当然太充分，静岚考上大学了呀，难得拍照的外婆也坐在沙发上拍了张照片，成为她到西大街后难得留下的个位数照片中重要的一张，因为这个时候外婆的眼睛周边神经还算比较健康，不像以后天天会时不时地牵动，渐渐地，眼睛就左右大小不同了。

家里拍照好像总不算数的，还得挑个礼拜天，找个风景好的地方，当然去秋霞圃。

秋霞圃在东大街，从西大街走到东大街其实也不算太远，但平时也很少去的，好像著名的秋霞圃是偶尔才能亲近的地方，是春游秋游的目的地，不是那种随意走进去散散步的，要去，也得存了好兴致，有了好理由，方才觉得在这个小巧玲珑的明代园林里走走看看颇为满足似的。

亭台水榭，曲径通幽，亭子里拍张照，石凳上一起合个影，月洞门内的芭蕉树边站一站，脚下小路的花朵图纹看着也好看，紫薇花下也总归要拍一张吧，走在夏天的秋霞圃里不感到很热，老树和石头吸走了暑气，虽然没什么风，吹不起一池绿塘，浓绿的水面让人看看也清心得很。

静岚穿着真丝立领的短袖衫，千鸟格的薄精纺花呢四片裙，都是新衣呢，夏天里特地走到西门外的裁缝那里做的，那里比光机所还要远，离西门火葬场倒是近了的，是乡下和城镇接壤之处。平房，接着外墙再搭了间小屋，三十几岁的女裁缝，白天在工厂上班，晚上和休息日兼做裁缝。长脸形，下巴尖，笑起来眼睛会眯起来，其实她的眼睛并不小。嗓音尖细，带一点慢节奏，就拖出了嗲，招呼人的时候这样的声音显得粘粘的热情。去做衣服总是礼拜日。她先是热情地招呼母亲，聊聊她的两个小孩，怎么淘气啦，功课不好啦，然后眯着眼睛笑着让母亲帮助在学校里好好管教呵。那枚尖尖的牙齿在她笑时突出来，仿佛为她格外添了几分伶俐。让人想起《沙家浜》里的唱词“这个女人，不寻常”。接着，话锋一转，才看布料，量尺寸，讨论式样，让来做衣服的人觉得像邻居朋友一样。不过，听了几次那尖细的嗓音，静岚有时会疑惑这真是她平时说话的声音吗。偶尔看到一个沉默的中等个子的男人，低垂着眉眼在厨房里出出进进，裁缝阿姨跟丈夫说话时声音就不大尖细，也不拖，也不嗲，很干脆的吩咐，还有点斥责的口吻，弄得旁边的人倒尴尬，她似乎也无所谓，回头又尖和嗲地笑出了细锐的牙。

裁缝承诺的取衣日一般总是不准的，总归要三番五次地“摆脚跟”，小屋子台子上面料堆了不少，想想裁缝阿姨这样上班炒更两不误，着实不容易，到底靠剪刀划粉缝纫机一点点做出来的，看起来安静的状态下，是努力的雀跃的女人心吧。后来听说西门外的那片私房田畴渐渐开发成楼盘了，听说裁缝阿姨买了城中的公房，原来工作的工厂倒闭了，在一家公司找到了工作，很少做裁缝了。实在是要很熟很熟的朋友才做呢。

立领的真丝短袖衬衫在秋霞圃的枫叶树下衬得蛮轻盈，前片的克夫使纯白的面料起一点点涟漪，一点点不夸张的小变化。变化其实每天都有，一天天过着，习惯了，好像感觉不到变化，当然，从秋霞圃回来后，变化在等待着静岚，她要去“上海”读大学了，上海和西大街的联系变得前所未有的紧密。

忙着高考，静岚已经很少到楼下乘风凉了，小玉同学初中毕业后也不再读书，顶替豆腐大妈到工厂上班去了，豆腐大妈反而定心了，不是读书的料，早点做生活早点结婚，也好省心了。也奇怪，静岚高中后真的很少见到小玉了，偶尔见了大家也随便扯几句，也是不知说什么好了。和小峰姐姐在楼梯上碰到，彼此客气地微笑下，高中毕业后她也顶替阿芳姆妈去工厂上班了，一起绣花一起扔沙包的辰光好像没有过去太久，但真的已经过去了。

父亲陪着静岚一起，提着被子脸盆杂物，从西大街骑脚踏车到汇集的上车地点，是高中同学约了一起坐小卡车去复旦报到。西大街百货商店买的皮箱子和暑假里与萍姐姐小峰姐姐一起绣花时钩的包，一个白色的大网线包，都从西大街拎到了燕园。

静岚没有参与搬家，她在学校里，父母外婆和亲戚们操持了一切繁杂事务，大表舅和小表舅都来相帮，静岚回来看到的已经是有煤气有抽水马桶的新公房，不过外婆的茶壶桶酱缸等宝贝都搬到新房子了，新房子在底楼，小小院子没有水杉晒场那么宽敞，也还可以晒一盆酱瓜的。

离开西大街后，静岚陪着外婆回过西大街几次，她总要去望望朱家姆妈，朱家姆妈的女儿一个个出嫁了，她的老头子身体也一点点差起来，河滩头种的东西慢慢减少，朱家姆妈精气神差了些。外婆还是拿小瓶在新公房腌的酱瓜给朱家姆妈吃吃。过过泡饭，过过泡饭。

静岚看到阿芳姆妈家用上了液化气，烧饭方便不少，萍姐姐小峰姐姐都出嫁了，家里就老两口，吃吃用用蛮适宜，就是觉得阿芳姆妈气色差了，讲话中气不那么足了。年纪都慢慢上去了。玫姆妈和杨师傅两家后来也搬离了西大街，杨师傅一家很少能见到了，玫姆妈倒能见到，菜场路边的，静岚听母亲说常常能碰到，一起站着讲几句，儿子们都出道后，退休后的玫姆妈陪着郭医生，跑跑菜场，外头旅游旅游。

听到阿芳姆妈患病去世的消息时，阿芳姆妈已经走了有一两年了。

香花桥堍的大光明理发店旧归旧，还在营业，洗头洗脸的水还是直接排到窗下的练祁河。后来，后来，香花桥封掉了，大光明理发店也闭门歇业。店里的人，都

再会，西门（2003年拍的照片，街和房子依旧，但是真的很破旧了·龚静　摄）

去了哪里呢。

一年又一年的，静岚在离开西大街二十几年后的某一天又回到西大街，在虬桥附近看到一间理发店，还是老式桌椅，老式剃头家什，竟然还有磨几下刮胡子刀的那种皮带子，漆皮带裹着一层浓浓的包浆感，剪头发的是位老先生，染过的头发辰光长了，半白半咖的夹生着，他动作比较慢，专注，静岚看着似乎有点脸熟，但要说认识又说不上来，向旁人打听，原来这位老先生老底子是大光明理发店里做的。哦，那就对了，在西大街住着，谁没进过大光明理发店呢。

用上了液化气，阿芳姆妈也不需要去老虎灶泡开水了。不过，静岚走过项泾桥堍，看到老虎灶还在（当然，多年以后是不在了），水龙头下的水泥挡板经年累月的，锈色的水垢还真像铁锈，还是人来人往的来泡开水，还是那个蓝布帽子的男人，不过背躬了，老了。静岚想起寒冷的冬日来泡开水，石子路硌得脚底痛，灯芯绒棉鞋虽然前后掌钉了轮胎皮子。冷风里冷的脚实在太需要一瓶热水来泡一泡了，竹壳子热水瓶拎着到底还是有分量的，走过项泾西街，转个弯，还有一段土路，看得到水杉晒场了，心定了，好了，马上可以用热水泡一泡脚了。

有了煤气，烧一壶热水几分钟的事。

很多年以后，都装上家用热水器了，在某个日子的空隙，静岚想起那些年去老虎灶泡开水的感觉，那种脚底的冷似乎又袭上来，可仔细分辨，却只是隐约罢了，像老虎灶的烟气，消散。

2016 年 6 月下旬至 8 月中旬一稿

2017 年 1 月二稿

2017 年 4 月—5 月三稿

不会是最后的西大街的

——代跋

2017年2月19日上午，又走在这条街上，熟门熟路，从沪宜公路拐到清河路下车，路边的居民住宅间有多条小弄可以直通西大街的，上次来是石马弄，这次步入一条更小的穿弄，两边老宅墙，墙内已搬空，碎砖旧木梁东倒西歪的，2月20日前这条街上的所有旧屋都要腾空交与相关部门保管，西大街旧改征收工作进入收尾阶段，这些老屋自然是早就纳入了的。出弄，看看方位，在接官桥附近，这里的旧屋前几年来时好像已经都窗户破败门锁紧闭无人居住了，有的老早就推倒造起了公寓楼，老街的连续性已然不续。往西走，善牧堂、虬桥，渐渐地，街和屋子还连贯着，人比平时少了些，收废旧家具木材等的黄鱼车一辆接着一辆，铝管、PVC管、细木工板、木条子，缺胳膊少腿的方台子写字桌，趴手趴脚横在黄鱼车上，走路得小心让着。拆煤气表的，拆空调的，拆锁的，乱哄哄中透着轻松，说了十几年二十年的老街改造终于尘埃落定了。

说起来，自1982年秋天搬离西大街，那么多年过去了，大学毕业后工作生活也不在嘉定了，西大街不过是一个曾经住过的地方，一处出生成长至十七岁的居所，但似乎只有这个地方总是念念不忘，过一段日子回嘉定总想着去走一走，明知这条街总不过是越来越凋敝，本地原住户大多搬走，好多房子皆租与来嘉定打工者，记忆和现实当然是不会重叠的，从20世纪九十年代中期开始重返，一年又一年的，从尚有旧时痕迹，到几乎没有完整的街面屋子，全都切割得支离破碎的，一两幢公寓楼也时不时插在老街内，像是给破衣服打上几块毛料补丁，反倒显得两相都不怎么合宜，各种招牌招贴满视野，石子路也早已凹凸不平，街边的梧桐树一年又一年地少下去，大多迁走，剩下几棵怎么看怎么都觉蔫蔫的，记忆中常常要躲避夏天毛毛虫的树何其生气旺盛呢，虬桥早些年倒还能上去走一走，其实也不过是断头桥了，因为桥对过的西下塘街全体被拆造了公寓小区，到后来是萋萋荒草半桥面，再到后来已经被栅栏拦住，说是保护起来不能行走了，相邻处造了新石头桥，通向小区；虬桥至少还是在的，香花桥是已经没有了，原址砌墙堵住，桥堍的光明理发店也不见了，分割成几家小铺子……无法一一细数，那些常常要去拷豆油买酱油米醋买油条大饼豆腐浆，扯花布买绒线的铺子，都隐没了，好像这条街是还叫着西大街，也还依稀分辨出一块块斑驳的旧时光影，只是白马非马，已非那条干净整洁朴素的西大街了，那时的生活和当下的生活，同样是在西大街，现实的情境，却已然仿佛科幻的。

饶是如此，还是念念着。

在周庄甪直乌镇乃至与嘉定不远的朱家角——为人知晓并为旅游热门后，嘉定人在州桥之外好像突然发现原来我们还有西门倒是原汁原味的江南老街呢，还有许多比如顾维钧吴蕴初西溪草堂等名人故居，以及富有历史文化特色的老建筑；但是一方面破败了，住户亟待改善居住环境，一方面在早年没有统一规划，与西大街隔练祁河相望的西下塘街完全拆掉而成公寓小区，城河、练祁河、老街相互环绕的气场已然分解。围绕着老街改造，政府相关部门及各方人士，也是讨论争论一直不断。有“古城卫士”、“古城保护神”等美誉的历史文化名城保护专家阮仪三教授还曾受邀去西大街实地考察研讨，西大街在阮仪三教授的眼中也是富有保护价值的历史文化街衢。

记得 2001 年夏秋两次去西大街，第一次同行者有嘉定作家殷慧芬楼耀福夫妇、时任《嘉定报》主编赵春华先生、研究嘉定文化的陶继明先生，第二次一起踏访的还有著名摄影师尔冬强先生，此时前后正是围绕着西大街保护还是拆迁比较分歧的节点，嘉定当地的文化人纷纷从各自的视角阐述和践行保护西大街这一嘉定之根。这两次踏访，都是专程去看西大街，未及探视父母。在陶继明先生的指点下，看到西大街上很多以前忽略的历史文化建筑，听到以前不太知晓的前尘往事，哦，原来少时天天走过路过去买东西的百货店布店前身乃清末民初大清银行总裁顾溶（中国近代职业外交家顾维钧之父）的宅院——厚德堂。走进唐家弄看到清末大官僚唐绍澜的老宅子，老早可是几乎没有注意到过的，当然还有如民族工业实业家吴蕴初的祖居等等。走进项泾街1号旧木黑门内，才知这如今拥挤陈旧苔痕墙脚生的大杂院，前身却是颇有来历的嘉定黄氏世家的“西溪草堂”。黄氏家族重文重教，代有名人。其八世孙黄汝成毕生研究清代大学者顾炎武的《日知录》，现今通行的《日知录集释》即为他所编。黄氏家族还兴办了多所嘉定的学校。少时可是经常从这里走过，去项泾桥堍的老虎灶泡开水，去上学，去买东西，有位小学同学住过这里，院子后门有窄细的路弯弯曲曲绕过民居，可抄近路回家呢。那天，院子里一位老太在包粽子，一位老太刚洗完头发，她们见了我们一行，满心欢喜地问“阿是要拆房子啦”，闲话间从一间小屋里又走出位老太，看到她们，好像和曾经相撞，都是些似曾相识的脸，从年少的时间里浮上来，那时经常在街上碰见她们的，虽然不知其确切姓名，但也是看熟了的。面对她们的眼神，我们只能支支吾吾。破败老街老屋，原住民是热切期盼拆迁的，想起小时候住在西大街每天要倒马桶，生煤饼炉子，谁不想住有抽水马桶有煤气的新公房呢。只是拆迁后西大街何去何从，是否修旧如旧，还是全然像西下塘街那样变身公寓小区，老街风貌彻底成为一个历史名词？保护和安居，皆不能偏废。

那两次踏访后，心情颇不平静，写了《最后的西大街》一文，其中写到："是历史赋予了嘉定曾经的文气、秀气和静气。我觉得嘉定再怎样发展，如何平地而起许多玻璃幕墙的高楼，如何改造老街，但不能掘了自己扎根于历史深处的根，那种大城市化的发展目标和景观也许并非全然是嘉定适合的'行头'。曾经的东门、北门和南门之典型的江南古镇风貌已经在发展的过程中荡尽，就剩下一个西门西大街了，怎样使西门发展起来，改善居民居住条件，也许，拆并不是唯一的办法，修缮、整治、保护性的开发，如同江南大地上类似古镇所为，西大街也许将会老树发新枝"，"嘉定，当然不该仅仅是一个只能在故纸旧册中诉说自己光华的地名，也不会只满足于'卫星城''汽车城'等现代化的追求，作为江南古镇的嘉定，其街衢风貌，文化遗存，当为其根脉之所在。正是依托了不同的根脉，才织就了世界各地的风格图景。"文章发表在当年《文汇报》笔会版和《嘉定报》副刊上，听其时的《嘉定报》主编赵春华先生后来跟我说，刊发时当时有关领导有不同看法，他还在电话中与领导讨论许久。当然，作为作者我也理解领导们的想法，毕竟保护不是说说那么容易的事，需要强有力的资金投入和合理可持续发展的规划。当然，文章还是发表了，毕竟围绕着西大街，多种声音的发出也是出于对嘉定发源之根西大街的情感。

隔了多年后，看赵春华先生主编、由多位嘉定作者执笔的《练祁寻根》一书，打开首页序言页，题目《永远的西大街》，看到开笔第一句："多年前，从报章读到小同乡龚静《最后的西大街》一文，一方面感到文中所述故乡嘉定西大街的景象分外亲切，此情此景仿佛就在眼前；另一方面又因为标题的‘最后的’三字，深感天不假缘，不知这条千年的古街何时毁于我们这一代，不免长嗟短叹，深感惋惜……”读下来，了解到序言作者朱瑞熙先生生长于西大街，后离开嘉定上大学读研究生，赴京工作，后回沪任教上海师范大学，是一位以古代历史为研究志业的教授专家。序言以史学家的视角深度阐释了西大街的历史文化底蕴，字里行间满满故土故街的情感。我不认识朱先生，但读此序言倍感亲切。我在文中感叹的“最后的”，其实何尝希望是“最后的”呢，对朱先生期望的“永远的”，也是同感，虽明知“永远的”是那份老街人的情感吧。此为第一番感同亲切，第二番是在朱先生文章的叙述中发现他家旧居在吊桥头附近，再看文中叙及其兄长名字，突然觉得好熟悉啊，搜寻过往记忆，原来是我小学美术老师呢，那间小学的旧址就是西大街护国寺，前身叫练西小学，后改名炼红小学。这么说起来，似乎与朱先生也遥遥地有了一些生命的呼应，虽然其实彼此并不相识。

那么，这就是“同情”之西大街了。

这些年来，西大街如何保护改建，一直是政府和民间都牵挂的事情，这么多住户如何安置，老街改建怎样规划，许多难题。曾经去近年回到西大街自有房居住的张老师家采访，张老师是我的小学老师，他后来离开学校任职嘉定教育局，现已退休。西大街上的住房是他太太家私房，自然原先也是破旧了的，他费资重新装修，“光水泥就用掉了好几吨呢”，张老师对修建后的二层小楼颇为满意，里面煤气卫浴一应俱全，整洁有序，虽然开门即嘈杂的菜市摊贩，不过出入倒也方便，“每天从西大街走到吊桥，再从西城河北街兜到清河路，再绕回来，或者从西城河南街走到塔城路，兜个大圈子回来，锻炼呢”，“哦哟，张老师，每天走这么多路呢”，“有辰光碰到老早的学生叫我，呵呵”。西大街旧屋征收启动后，根据旧居面积，张老师家可获得几套新房子，“早签协议还有奖励的”，张老师聊起西大街旧改征收频频点头微笑。说起如何改建，张老师讲具体倒也不是很清楚，“讲是讲要扩建新的护国寺，再以寺庙为中心发展吧”，我说：“可惜，老的香花桥拆掉了，原来的位置堵牢了，否则，护国寺、香花桥都在多好”，“是呀，是呀”。

希望住在西溪草堂的老太太还健朗着，她的心念实现了。2015 年 10 月西大街征收旧改正式启动，东至环城河，南至练祁河，西至石马弄，北至清河路，共涉及 803 户居民。经过被征收房屋信息公示、房屋产权情况公示、房屋征收意见征询、房屋估价机构选定、补偿方案公示、抽签选号、签约选房等过程，2017 年 2 月 20 日，是最后交房签约的日子。

2 月 19 日上午在石马弄“嘉定西门旧城区改建征收工作办公室”门口，看到围着不少居民，有的是已经签约了的，有的赶来签约交钥匙，他们脸上都是笑眯眯的，“分到新房子开心哦”，问一个中年男子，“格么当然啦，十几平方换到六十几平方，还是公寓房，满意满意”，边上的中年女人不说话，但是听了笑嘻嘻，中年男指着走过来一位推着电瓶车的中年女，“伊呶，五个多平方也分到新房子呢，勿要太开心哦”。正聊着，吵吵嚷嚷的声音传来，本地房东和外来租户矛盾了，房东叫租户今天一定要搬走，租户说答应给的搬家费没给，“我们也不过分，说好给300元搬家费的”，“哪有这回事，瞎讲八讲”，吵闹着，工作人员出来圆场，“勿要吵勿要吵，有闲话好好叫讲，大家到里厢来商量”。总算火星没继续爆燃。我走进办公室，这个地方实在太熟悉，早年间是“洁园浴室”，少时汏浴是件需要兴师动众的事体，要早早准备，早早去排队，城里浴室不多，一般大多到城中路的一间浴室去洗，后来才慢慢又开了几间，有了洁园浴室，西门人汏浴也便利不少。“洁园浴室”的字样虽然铲掉了，可是痕迹还在，一楼二楼，空荡荡的屋子，浴室的蒸汽像从日子里腾上来，而今底楼大厅墙上贴着一列列已经签约分房的名单，两三名工作人员候着一张老旧写字台，写字台其实就是过去小学中学时的课桌。

一间间老屋门上墙头写着“已征收”“已征收”，收废品的男人女人乐呵呵，黄鱼车堆得四角八叉的，骑起来费劲，有的热得停下来脱棉袄，绛红色的老式中山床的床架子靠在墙根，是在等着来收吧，这样的床架子那时好多人家都有的。“西大街拆迁，商品甩卖”，小店铺赶着出货。好多人拥在项泾桥附近讲张，听音头不外乎拆迁和新房子，感觉是略略的兵荒马乱中又难掩的兴奋。

走到吊桥头，回头再看看西大街，又见几个中老年男人在桥堍扎堆谈着面积和房子，我转头再看看桥下的城河，看看不远处的两株古银杏。再来时，西大街肯定是变样了的，变成什么样子呢？不过，银杏树定然还在吧。

这不会是最后的西大街的。

龚 静

2017 年 2 月 25 日

后　记

在五月蔷薇盛开的时候，《西门，西门》终于画上句号。可是这个句号似乎点得不够爽气，好像很多内容还在等着排队，好比花骨朵，前面繁了后面接着，那些人和事和场景还在脑子里等着文字来握手、敲门，有些其实已经走到门前了，想想还是退了回去。那么该不该句号呢？留白吧，留一些空白待以后的日子来补充。即便以后的日子未及填补，也无妨吧，什么都不会圆满。

《西门，西门》是非虚构叙事，细节都是真切的，涉及的人物姓氏有的略做了处理，也许在有些情境的还原上会适当渗入当下的感受（也是想呈现过往和当下感受的相互映照），彼时彼刻的那些确是历历在目。回望，总觉得没法写完似的。也许，有些人和事更适合在以后的写作中以虚构的方式来呈现吧。

这个文本的写作缘起，在“代自序”中已经提及，源于2016年春末《上海纪实》电子刊主编朱大建老师的约稿，其时他读了拙著《遇见》中的一些文章，对写外婆的“竹园”那篇蛮感兴趣的，朱老师说“你为我们《上海纪实》写写嘉定吧”。本来也写过一部分以嘉定生活为主题的文章的，朱老师的约稿使我产生整合过往文字并再次书写且写得更丰富深入的写作愿望，写着写着，原本想万把字结束的，第一稿完成时却已然四五万字了。这一稿后来在《上海纪实》上从2016年夏天开始分四期连载至2017年初夏。接着，在第一稿的基础上又进行补充修缮，于2017年1月形成第二稿。觉得还是不太满意，于是接着修缮增补，成为现在的样子。

谢谢朱大建老师的约稿，促成了《西门，西门》的写作。

谢谢外子韩王荣先生的插图，上班族之余的画作虽是习作，但细节和场景颇有其时其刻的生活气息，使《西门，西门》有了比较丰满的视觉呈现和想象还原。

书中的图片除韩王荣先生插图外，余皆为本人拍摄或绘作。

感谢嘉定地方志研究专家陶继明先生，笔者每每有什么嘉定历史人文的疑惑相询，他总是热情解答。

感谢家人一直以来的支持，此时此刻尤其想念已故的外婆，西大街日常的点点滴滴，都和外婆连在一起。外婆不怎么识字，她识生活。

感谢杨柏伟先生的信任和支持，使《西门，西门》得以参与到上海书店出版社的“海上文库”小精装系列。虽然，西门是上海拼图上的一块小小碎片。

龚静　于 2017 年 5 月 22 日

沪上静水斋

图书在版编目(CIP)数据

西门,西门/龚静著.—上海:上海书店出版社,
2019.6
ISBN 978-7-5458-1809-3

Ⅰ.①西… Ⅱ.①龚… Ⅲ.①纪实文学-中国-当代
Ⅳ.①I25

中国版本图书馆CIP数据核字(2019)第089740号

责任编辑 杨柏伟 何人越
装帧设计 郦书径

西门,西门
龚 静 著

出 版 上海书店出版社
(200001 上海福建中路193号)
发 行 上海人民出版社发行中心
印 刷 苏州市越洋印刷有限公司
开 本 787×1092 1/32
印 张 8.625
版 次 2019年6月第1版
印 次 2019年6月第1次印刷
ISBN 978-7-5458-1809-3/I·477
定 价 45.00元